品古典诗文
话廉洁家风

——"00后"青年"剧"说廉洁

梁晓凤 编

PIN GUDIAN SHIWEN
HUA LIANJIE JIAFENG

浙江工商大学 出版社
ZHEJIANG GONGSHANG UNIVERSITY PRESS

·杭州·

图书在版编目(CIP)数据

品古典诗文 话廉洁家风:"00后"青年"剧"说
廉洁 / 梁晓凤编. —杭州:浙江工商大学出版社,2024.5
ISBN 978-7-5178-5984-0

Ⅰ.①品… Ⅱ.①杭… Ⅲ.①剧本—作品集—中国—
当代 Ⅳ.①I230

中国国家版本馆 CIP 数据核字(2024)第066584号

品古典诗文 话廉洁家风——"00后"青年"剧"说廉洁

PIN GUDIAN SHIWEN HUA LIANJIE JIAFENG——"00 HOU" QINGNIAN "JU" SHUO LIANJIE

梁晓凤 编

策划编辑	任晓燕
责任编辑	张晶晶
责任校对	胡辰怡
封面设计	胡 晨
责任印制	包建辉
出版发行	浙江工商大学出版社
	(杭州市教工路198号 邮政编码310012)
	(E-mail:zjgsupress@163.com)
	(网址:http://www.zjgsupress.com)
	电话:0571-88904980,88831806(传真)
排 版	杭州朝曦图文设计有限公司
印 刷	杭州高腾印务有限公司
开 本	710mm×1000mm 1/16
印 张	18.5
字 数	238千
版 印 次	2024年5月第1版 2024年5月第1次印刷
书 号	ISBN 978-7-5178-5984-0
定 价	89.00元

序

　　《品古典诗文　话廉洁家风——"00后"青年"剧"说廉洁》一书是杭州师范大学经亨颐教育学院在"中国文学"（古代部分）课程思政创新与实践方面的重要成果之一。

　　习近平总书记在党的二十大报告中强调教育的根本在于立德育人。活在当下的中国古代文学，重在传承中华民族精神，而廉洁文化是中华优秀传统文化的重要组成部分，基于此，杭州师范大学经亨颐教育学院小学教育专业的"中国文学"（古代部分）课程，提出了"廉洁文化进课堂"，创新性地把"古典诗文"与"廉洁文化"元素有机地结合起来，以"品古典诗文，沐廉洁风尚"为主题进行剧本创作。利用课前十分钟，学生以小组为单位，将蕴含廉洁元素的中国古代文学作品，以青年人喜闻乐见的方式进行演绎和展示，每届学生在往届剧作的基础上，创作出越来越精彩的情景剧作品，使"廉洁文化进课堂"这一形式不断推陈出新。

　　该课程为浙江第一批省级课程思政示范课程，已出版《沐廉洁风尚品古典诗文——"00后"青年"剧"说廉洁》一书，创作剧本37个，成功举办4届5场"品古典诗文，沐廉洁风尚"系列舞台剧，中国教育在线、浙江在线等网络媒体均有报道。"廉洁文化进课堂"是"中国文学"（古代部分）课程思政示范课程建设的又一次成功尝试。

　　优良家风文化是中华优秀传统文化的精华与结晶，本书是"'00后'

青年'剧'说丛书"的第二册,该书以廉洁家风为主题,选取不少中国古代文学作品中蕴含廉洁家风的优秀作品,从春秋战国时期到明清时代,有孔子、陶渊明、李白、杜甫、白居易、苏轼等人物的家风家训,有诗词歌赋,也有历史故事,内容丰富、形式多样。"00后"大学生用26个短剧,呈现了中华优秀传统文化中的优良家风,古为今用。作品以新时代青年视角和剧本语言,穿越历史,跨越时代,再现了古典诗词之美、传统文化之魂。家风正,国运兴。书中除保留了"'00后'青年'剧'说丛书"第一册《沐廉洁风尚 品古典诗文——"00后"青年"剧"说廉洁》中的剧情梗概、剧情人物、剧本内容、创作来源、创作感想等五大组成部分外,还增加了教师评价。

这本书既是"中国文学"(古代部分)课程改革与课程思政建设的成果,也是传递廉洁文化、廉洁家风的有效载体,对师范生的思想品德发展具有重要意义,为进一步推进大学生廉洁教育常态化、长效化提供了特色样本。

这本书是深化"以学生为中心"的教育理念的成果,使学生达到了在成长上自学自研自理与自编自导自演的"知行合一"。联合国教科文组织明确提出了起源于建构主义理论的"以学生为中心"的教育理念,强调以学生的学习和发展为中心。本书正是在"以学生为中心"的教育理念指导下开展教育教学的成果体现。教师充分调动了学生的积极性,起着组织者、管理者、鼓励者、合作者和解难者的作用,用好课前预习的时间,让学生自主研读、梳理学习内容,使学生对学习内容建构起初步认知和理解;课堂中有效地组织起以学生为中心的研讨,及时发现学生的困难,排忧解难;课后鼓励学生反思学习成果,开展自主创作,用精短凝练的语言和简明的剧情,使中华传统文脉与廉洁家风相结合,采用现代戏剧的形式、青年生活化的语言,呈现出一次次历史与现实、思想与文学碰撞的精彩。

这本书是"创新师德涵养,为师范生培养赋能"教学改革的成果,达到了教育教学上课程教学目标与专业素养提升的"双融双促"。小学教育专业职业能力标准中,提出要能够在教育实践中,结合课程特点,挖掘课程思想政治教育资源,体现教书与育人的统一等要求。本书是学生以戏剧的形式自主创作出来的,增强了学生对古代文学的认识,培养了学生的文学创作能力,同时潜移默化地使学生获得古代文学中所蕴含的师德规范、教育情怀等优秀思想品德的滋养。同时学生们还把小学教育师范生所应具备的"说、唱、弹、舞、书、画"技能和才艺充分融入其中,加强了专业技能的学习和训练。这也与杭州师范大学经亨颐教育学院坚持二十年打造的教育部高教思政工作精品项目——"六艺节"交相辉映,形成了独特的教育教学成果品牌。

这本书是创新"融入廉洁家风"课程思政的成果,达到了教育内容上中华优秀传统文化与廉洁风尚文化的"形核相依"。中华优秀传统文化中的尊老爱幼、妻贤夫安,母慈子孝、兄友弟恭,耕读传家、勤俭持家等传统家风,含有丰富的廉洁元素,为今后师范生的价值追求和行为选择刻下了深深的烙印。本书以好家风涵养廉洁文化,主动对接时代主题、适应社会生活的方式,从内容和形式上将古代传统家风中的廉洁理念和智慧,通过剧本创作,有机地融入现代家庭生活中,最大限度地激活传统家风中廉洁元素的活力,增强传统家风的影响力、感召力、渗透力,实现以文化人。这也正是杭州师范大学纪委书记李泽泉教授在"'00后'青年'剧'说丛书"第一册序言中所提倡的"文学为形,思政为核"的理念,也就是本书所实践的将中华优秀传统文化与廉洁家风创新性地结合起来。

品诗欣然后,客心更动容。伴随着古典诗文的美,廉洁家风那历久弥新的价值,就像清风细雨,滋润了一个时代。让我们一起回到过去,去体会古代文人所追求的廉洁家风,使之成为每个人心里的一面明镜。

杭州师范大学经亨颐教育学院党委书记　蒋璐敏

目 | 录

游陆游故居，沐廉洁家风

施佳奕　谢一承

剧情梗概

陆游，字务观，号放翁，南宋著名文学家、史学家，爱国诗人。本剧中，一行人来到了路由故居，导游向他们讲起了一个故事。南宋宁宗嘉泰年间，陆游次子陆子龙赴吉州为吉州掾。赴任前，陆子龙希望父亲给老友杨万里和周必大修书一封，请他们对自己多加照顾。陆游写了一首二百六十字的五言长诗《送子龙赴吉州掾》，作为给儿子的临别赠言。诗中说道："汝为吉州吏，但饮吉州水；一钱亦分明，谁能肆馋毁？"就是要求儿子清清白白地做官，做一个受民众欢迎的清官。最终，在场的游客都感受到了陆游自身及其家风的清正。

剧情人物

导游、陆子龙、陆游、游客1、游客2

游客1 (听得入迷)陆游作为一个父亲真是为孩子操碎了心啊。

导游 (敛容正色)可怜天下父母心啊!谁不想自己的孩子变得更好,堂堂正正做人,清清白白做官啊?做个君子勤俭廉直、报国恤民。

游客2 (原本离导游和游客1有一定距离,正和大屏幕上的陆游合影。听到这边两人的对话后,转移了注意力看过来。随后放下相机走过来,插话,态度严肃诚恳)陆游极其看重做人的气节与风骨。他在《卜算子·咏梅》中,还写道"零落成泥碾作尘,只有香如故",这何尝不是在表达他自己的坚贞不屈呢?

导游 (点头表示赞同)不错。好了,我们去下一个景点,走吧。

(背景音乐古筝响起)

导游、游客1与游客2 (面向观众朗诵)

汝为吉州吏,但饮吉州水。

一钱亦分明,谁能肆谗毁?

陆游、陆子龙 (从两侧上台加入朗诵)

聚俸嫁阿惜,择士教元礼。

我食可自营,勿用念甘旨。

所有人 (大家从两侧上台,一起朗诵)

衣穿听露肘,履破从见指。

山门虽被嘲,归舍却睡美。

(大家一起谢幕,鞠躬退场)

创作来源

送子龙赴吉州掾（节选）
［宋］陆游

汝为吉州吏，但饮吉州水。一钱亦分明，谁能肆谗毁？聚俸嫁阿惜，择士教元礼。我食可自营，勿用念甘旨。衣穿听露肘，履破从见指。山门虽被嘲，归舍却睡美。

译文

你作为吉州的官吏，喝的是吉州的水。即使是一分钱，也要公私分明，旁人就没有理由来诋毁你了。平时要省吃俭用，攒下钱把女儿嫁了，并选择好的老师来教育儿子。虽然我老了，但吃饭问题我能自理，你就不用挂念和侍奉了。我的衣服、鞋子破了，出门虽然会被人嘲笑，但我不在乎，回家可以美美地睡觉。

创作感想

自古以来，廉洁文化常以家风家训的形式得以继承与发扬。因此，我们选择了南宋诗人陆游的家风故事。

陆游在《放翁家训》中首先以祖上的廉洁家风教育子孙。他告诫子孙,陆氏家族最重要的就是气节,绝不能阿谀奉承,拿原则做交易。陆游通过言传身教,推动廉洁家风在代际间传承。

在创作中,我们采用了多角度的演绎方式,以导游带领游客们游览陆游故居为故事主线,插入陆游对儿子进行廉洁教育的场景,将陆游与儿子在廉洁观念上的矛盾冲突展开,剖析陆游希望后代延续的"廉洁从政用权,严以修身齐家"的廉洁理念。

舞台上的故事终会结束,而生活中的故事正在发生。我们相信:廉洁文化在家风传承中会以自己的方式不断融合、纳新,它是我们社会、我们民族、我们国家的文化永葆青春和生命力的不竭源泉。

教师评价

在创作中,这组同学将陆游与儿子在廉洁观念上的矛盾冲突展开,剖析了陆游希望后代延续的"廉洁从政用权,严以修身齐家"的廉洁理念,意在进一步启发观众对廉洁文化在现当代家风建设中的价值进行探究思考——家风是家庭真正的财富。房子、车子这些东西终有一天会消亡,但精神会随着代际的传承成为后代性格乃至命运的一部分。宋朝建立以后,陆家"百余年间,文儒继出,有公有卿"。然而,这样一个显贵之家,却始终保持着清廉朴素的家风。可见世代传承的气质沉淀、对精神丰盈的不懈追求,以及立身处世的底气与品格,才是家庭真正的财富。

梁晓凤 池唯嘉

《游陆游故居,沐廉洁家风》小组表演剧照

杜甫家风传，三事定乾坤

陈伊兰　谢一承 等

剧情梗概

　　杜甫，字子美，自号少陵野老，唐代伟大的现实主义诗人。杜甫的思想核心是仁政，他有"致君尧舜上，再使风俗淳"的宏伟抱负。本剧以杜甫生平的关键事件为节点，以他早年不受馈赠之物、青年时教导儿子传承廉洁家风、晚年时发出忧国忧民的呼唤为主线，就"廉洁家风"这个话题，上演了一幕杜氏家风的传承记。

剧情人物

张姓朋友、小厮、杜甫、严武、流民、章彝、杜宗武、杨氏、孩童1、孩童2

第一幕 做官不受馈赠之物

旁白 公元764年,在两川节度使严武的举荐下,杜甫出任检校工部员外郎。"支离东北风尘际,漂泊西南天地间"的杜甫总算有了一份暂时稳定的工作,但凭借微薄的俸禄,要想养活一家,依旧非常困难。这天,一位张姓朋友风尘仆仆来访。

(张姓朋友上场叩门,一小厮开门)

张姓朋友 久仰子美先生诗名,无缘拜会。今遇人指点先生住处,特来拜访先生。

小厮 原来是来拜访我家老爷,我家老爷平日爱与人畅谈诗词,珍视知音良友,先生快快请进。

(杜甫半卧于席上,正摇着蒲扇吟诗)

小厮 (弯腰作揖)老爷,有一先生来拜访您。

杜甫 哦?快快恭迎。

(杜甫整理衣襟,起立,对来访者作揖)

张姓朋友 (作揖状)晚辈拜读了您不少诗作,深感其中家国之思、忧民之痛,今特来拜访,一瞻先生道貌。

杜甫 先生过奖,杜某不才(摆手),得先生欣赏,实为万幸。

张姓朋友 先生大名,如雷贯耳,今难得一见,特备丝织锦褥作为见面礼。
(一边说一边递上礼物)一点薄礼,不成敬意,望先生收下。

杜甫 先生备此厚礼,杜某感激不尽。但杜某区区一田舍翁,不能收受如此厚礼。(摆手推辞)

张姓朋友 (再次递上礼物)晚辈聊表心意,先生为何推托?(打开礼物)这丝织锦褥乃晚辈云游西北时所得,十分珍贵!

杜甫 (转身,捋胡子)先生的心意,杜某收下了,不胜感激,但这重礼……杜某虽家境贫苦,但一直谨记家父教诲——心正则人正,人正则事正。多少子弟因富贵骄奢身败名裂、丢失风骨,杜某绝不做如此之人!

张姓朋友 如此心意,非俸贿也,只表晚辈对先生之敬意。晚辈知先生为人清正,不可动摇,张某惭愧!

杜甫 先生垂爱杜某诗词,杜某得一知己,甚是欣慰,愿与先生畅谈。但唯有这礼品,杜某万不能收!(再次摆手)

(张姓朋友顿住,慢慢将手收回)

杜甫 (招呼小厮)来,为先生备茶饭!杜某只有这粗茶淡饭,望先生莫介意,与杜某茶话诗词呀!

张姓朋友 好!

(小厮摆好茶饭,二人边吃喝边畅聊,相谈甚欢)

旁白 来访者所送的丝织锦褥价值不菲,若杜甫收下,定能补贴家用,但他坚决拒收这份厚礼。这件事也被杜甫记在了他的诗中。

(写书法的同学举起作品:"客从西北来,遗我翠织成。开缄风涛涌,中有掉尾鲸。")

旁白 "客从西北来,遗我翠织成。开缄风涛涌,中有掉尾鲸。"这首诗充分体现了杜甫的清廉为人,即使身处困境,也不取非分之财。此诗另有一说法,杜甫是为了以诗提醒节度使严武要俭以修身、俭以养德。

第二幕 授儿传承廉洁家风

（马蹄声、风声）

旁白 公元762年，唐代宗继位，皇帝召成都尹兼剑南节度使严武回京，杜
甫为他送行直到绵州。

（送行路上）

杜甫 此行路途遥远，严公，受累了！ 好在绵州就在十里开外，我们快马加
鞭，日落前能进城住店。

严武 严某此行得子美相送，又言何受累？ 只盼早日抵达绵州，使子美返
回成都，得见妻儿啊。

（继续前行，到达绵州）

（转场至绵州城门口，流民一行上）

杜甫 （勒缰绳，下马，急步至流民前，作揖）吁——诸位，为何如此匆忙？ 可是
城内发生了什么变故？

旁白 大部分流民避而不答，快步离去，只有一人回话。

流民 唉，并非绵州变故，而是成都啊！

杜甫 （震惊）成都？

流民 （拱手）官人有所不知，成都城内啊，可不太平，徐大人干的，是要掉
脑袋的事啊！（流民摇头叹息，离去）

严武 （上前，目送流民远去）成都少尹徐知道？ 严某适才调离成都尹一职，
竟不知他有如此狼子野心！

杜甫 （一手握拳捶掌，叹气）这可如何是好，本想送严公至绵州后返回成都，
如今我又该往何处去？

严武 不必介怀。严某可一人入京，子美正可改道梓州一避，待朝廷平定

这祸乱,再返回成都也不迟啊。

杜甫 也只得如此了。

(二人拜别)

旁白 杜甫一人流落到梓州,这段时期,他的生活必须靠当地官员接济。这些官员里,帮助杜甫最多的,便是梓州刺史——章彝。

(转场至梓州城内屋舍,筵席前)

章彝 子美如今抱恙,何故设此筵席?

杜甫 (斜靠着椅背,咳嗽)刺史大人有所不知,今日是小儿宗武的生日,可内子与小儿皆留守成都,一家人相隔千里不说,又逢那徐知道作乱,我实在是忧心得很呐。

章彝 (摆手)子美不必忧心,听闻宗武年少聪慧,且杜氏家风淳厚,即便是乱局,也定能平安度过。

(转场至成都城内,杜甫家中)

杜宗武 阿娘,阿爷何时能回来?

杨氏 如今城中生变,只怕官道阻塞,你阿爷无法回到成都啊。

杜宗武 骥子明白了。

杨氏 今日是你的生日,你阿爷虽不在身边,但你也不能忘记他对你的教诲与寄望……

(与此同时,梓州城内屋舍,筵席前)

杜甫 只盼他不会忘记我对他的教诲与寄望……

小子何时见,高秋此日生。

自从都邑语,已伴老夫名。

诗是吾家事,人传世上情。

熟精文选理,休觅彩衣轻。

凋瘵筵初秩,欹斜坐不成。

流霞分片片,涓滴就徐倾。

第三幕 咏忧国忧民之叹

旁白 乾元三年（760）春天，杜甫辞官后，经过一路颠沛流离，终于在成都浣花溪边盖起了一座茅屋，告别了居无定所的流浪生活。

杜甫 人生无常，几经辗转，终于觅得一处栖身之所！（定格）

旁白 不幸的是，在上元二年（761）八月的某一天，突然狂风大作、雷电交加（播放刮风、下雨音效），这座原本并不牢固的草堂在风雨中岌岌可危，屋顶上的茅草被风高高卷起，散落在对岸江边。几个孩童快速跑来，抓起地上散落的茅草就飞快地跑走了。

孩童1 老头你快来追我们呀。（一边跑路，一边嬉笑着回头）

杜甫 唉唉唉，你们停下！（手伸向远方）

孩童2 （一边笑着，一边做着鬼脸）嘿嘿嘿，我们就不停。

杜甫 （望着孩童远去的身影，一边苦笑，一边手拄着拐杖，捶胸顿足）唉……你们怎么能？（播放《茅屋为秋风所破歌》前奏）也罢，现如今，战乱如这狂风般四起，而无数百姓与我一样流离失所、受尽欺辱，可悲啊！可悲啊！

杜甫 （唱《茅屋为秋风所破歌》）

创作来源

宗武生日

[唐]杜甫

小子何时见，高秋此日生。

自从都邑语，已伴老夫名。

诗是吾家事，人传世上情。

熟精文选理，休觅彩衣轻。

凋瘵筵初秩，欹斜坐不成。

流霞分片片，涓滴就徐倾。

译文

　　是何时见到小儿子的出生，高秋的今天正是你呱呱坠地之时。自从我写过怀念你的诗，伴着我的名字你也被人知道。诗中记录我家的故事，我家祖辈世情因而被人传述。所以，你要熟精《文选》以绍家学，不必效仿别人年老还以彩衣娱亲。我病中为你的生日开筵，侧着身子斜靠在椅子上。窗外流动的彩霞一片一片，我慢慢倒酒细饮。

茅屋为秋风所破歌

[唐]杜甫

八月秋高风怒号，卷我屋上三重茅。茅飞渡江洒江郊，高者挂罥长林梢，下者飘转沉塘坳。南村群童欺我老无力，忍能对面为盗贼。公然抱茅入竹去，唇焦口燥呼不得，归来倚杖自叹息。俄顷风定云墨色，秋天漠漠向昏黑。布衾多年冷似铁，娇儿恶卧踏里裂。床头屋漏无干处，雨脚如麻未断绝。自经丧乱少睡眠，长夜沾湿何由彻！安得广厦千万间，大庇天下寒士俱欢颜！风雨不动安如山。呜呼！何时眼前突兀见此屋，吾庐独破受冻死亦足！

译文

八月秋深，狂风咆哮，卷走了我屋顶上好几层茅草。茅草乱飞，渡过浣花溪，散落在对岸江边。飞得高的茅草缠绕在高高的树梢上，飞得低的飘飘洒洒沉落到池塘里。南村的一群儿童欺负我年老没力气，竟忍心这样当面抢东西，毫无顾忌地抱着茅草跑进竹林去了。我嘴唇干燥也喝止不住，回来后拄着拐杖，独自叹息。一会儿风停了，天空中乌云像墨一样黑，天空也阴沉迷蒙渐渐黑下来了。布被盖了多年，又冷又硬，像铁板似的。孩子睡觉姿势不好，把被子蹬破了。屋顶漏水，屋内没有一点儿干燥的地方，房顶的雨水像麻线一样不停地往下漏。安史之乱开始之后，我睡得很少，长夜漫漫，屋漏床湿，怎能挨到天亮！如何能得到千万间宽敞高大的房子，庇护天下间贫寒的读书人,让他们开颜欢笑,安稳得像山一样。唉!什么时候眼前能出现这样高耸的房屋,到那时即使我的茅屋被秋风吹破,我自己受冻而死也心甘情愿!

创作感想

　　本文以叙事的方式,将杜甫传承廉洁家风的三件大事一一铺陈开来,分别是做官不受馈赠之物、授儿传承廉洁家风、咏忧国忧民之叹。这一咏三叹,将杜甫传承廉洁家风的艰难曲折淋漓尽致地展现出来。他在困苦的时候,仍然坚守廉洁原则,拒绝非分之财,更体现出了他对道德和家风的坚守。同时,也从另一个侧面突出了杜甫为官清廉的高尚品质。通过创作这个剧本,我们感受到了杜甫的家风,领悟了他的精神世界。

教师评价

　　我们熟知杜甫,始于教科书里出现的一首首诗词。鲁迅先生说:"杜甫似乎不是古人,就好像今天还活在我们堆里似的。"这句话是对杜甫本人影响力的高度评价。十几年诗词学习使我们知道了杜甫一生虽历经坎坷,却心系国家和黎民百姓,就像《茅屋为秋风所破歌》所写的，在自己的茅草屋都快被秋风和孩童摧毁时，他却发出"安得广厦千万间，大庇天下寒士俱欢颜！风雨不动安如山"的豪言。这组同学在演绎时从杜甫清廉的家国情怀和为官情怀两个角度出发，形式新颖，令人耳目一新。通过观看这组同学的表演，我们知道杜甫不仅对自己要求严格，对孩子也严加教诲。其实做一件事不难，一直坚持做同一件事才难。

梁晓凤　池唯嘉

《杜甫家风传，三事定乾坤》小组表演剧照

清心明道

——孔子廉洁精神传承的故事　　　　　张立韬　谢一承

剧情梗概

　　孔子是中国古代伟大的思想家、政治家、教育家,儒家学派创始人。本剧以三幕剧的形式,通过时空颠倒、交错、闪回等手段,分别讲述了子路之死、孔子困于陈蔡之间、子贡为孔子守丧六年的故事,彰显了孔子及其弟子身处困厄之中依旧坚守道义,"不容然后见君子"的廉洁精神。

剧情人物

小孩、老人、子路、守卫、蒯聩、石乞、孔子、陈亢、子贡、颜回、原宪

第一幕 君子死而冠不免

旁白 太阳摇晃,向西边的天空坠去,像一团正在陨落的熊熊火焰。太阳不断膨胀,压弯了目光所及的所有树干,碾碎了目光所及的所有枝叶。天与地的交界不再明显。四周是一片亘古不变的血红色。

硕大的红日边缘映着皮影似的两个人。一老一少,东倒西斜——他们相互扶持,正赶着路。两人忽然停下脚步。红日的中心升起了一个人。

小孩 爷爷! 爷爷! 看那里! 太阳里面走出来一个人。

老人 (眯着眼,朝红日的方向注视良久)我看不清了……乖孙孙,快告诉爷爷,那是个武者,还是个贵族?

小孩 (迅速、得意)都不是! 他弯着腰,背有点驼……爷爷,和您一样,是个老人!

老人 (若有所思)他可戴着鸡毛冠?

小孩 爷爷,他穿着破布衫。

老人 他可配着青铜剑?

小孩 倒有一把。(伸长脖子看)哎呀,许是长久没摆弄,剑鞘上面生了锈! 爷爷,那人是谁? 你可认识他?

老人 (神情萧索,仰头长叹)走吧,走吧! 嘻! 不论来的是谁,已没有人救得了分崩离析的卫国,已没有人救得了危在旦夕的卫国人!

子路 (摩挲着腰间佩着的长剑,用衣裳擦拭着剑鞘表面的锈迹)长剑啊长剑! 你已老去,同我一样。我要用我破旧的衣襟,擦亮你锈迹斑斑的躯体;我要用我打磨得闪闪发光的道义,擦亮灵公之子那蒙了尘埃的心!

子路 (一边行走一边吟诵)食其食者不避其难。夕者仲由不远百里为亲负米,今者子路不远千里为公论道。

旁白 子路来到了蒯聩所在的宫殿。殿门前的守卫拦住了他的去路。

子路 我一路走来,看到高高耸立的城墙上驻扎着一群矮小的人。

守卫 (快速)国君的城墙逶迤,斗折蛇行;国君的宫殿壮阔,雄踞盘旋。

子路 尚不及夫子坦荡的胸襟、巍峨的心。

守卫 国君正举行盛大的宴席,琼浆玉液、珍馐美馔,举世罕见。

子路 喜好肉食之宴、贪图口舌之快,又怎么体会得到礼乐盛宴之清欢、之回甘?

守卫 (疑惑不解)尊师是谁?

子路 (坚定)孔丘。

守卫 (肃然起敬)您又是谁?

子路 仲由。

守卫 (弯腰俯身,恭送状)请进,请进。

旁白 宽敞的宫殿里一片昏暗。子路燃起一支火把,缓步上前。跳动闪烁的火光里,子路看到了坐在高台上的蒯聩。他的神色就像忽明忽暗的火光一般惊惶不定。

蒯聩 (声音颤抖)我看到一个孔武有力的战士,正提着宝剑向我走来。

石乞 王,子路已经佝偻,他已年近古稀。

蒯聩 我看到他戴着当年那顶雄鸡冠。

石乞 王,那是火焰的投影,他的衣冠已褴褛。

蒯聩 (万分惊恐)我看见野猪已磨好它那锋利的獠牙,正气势汹汹向我袭来!

石乞 王,他断然拔不出那口已然生锈的宝剑……

蒯聩 我看见燎原的火焰正铺天盖地翻涌而来,吞没了你,吞没了我,吞没了整个卫国! 我已感受到火焰的温度,感受到火焰灼伤了我的肌肤……啊!(痛彻心扉地怒吼)石乞!

石乞 王！

蒯聩 杀了他！快杀了他！

旁白 石乞挥动长戈，击落了子路的帽缨。子路手上的火把落到了地上，大殿里的光亮逐渐黯淡下去。子路仆倒在地上，摸索着那缕帽缨。他终于找到了帽缨。石乞手上的长戈再一次落了下去。

子路 慢着！（稍停顿，正色）与上大夫言，訚訚如也；与下大夫言，侃侃如也。入公门，鞠躬如也；趋进，翼如也。君召使摈，色勃如也。君命召，不俟驾行矣。鱼馁，肉败，割不正，不食。席不正，不坐。是日哭，则不歌。见齐衰者、瞽者，虽少，必变。君子死而冠不免，子路今日若注定毙命于此，也请让我系好这缕帽缨。

旁白 子路系好了他的帽缨。血从他那破旧的衣衫中大片大片地渗出来，是帽缨一般纯净的鲜红色。

（子路费劲地想坐起身，但他还是摔倒了）

子路 夫子！仲由不孝，再不能侍奉在您左右了！匡人的困厄，陈、蔡两地间的饥荒，那长沮者、桀溺者、荷蓧丈人的诘难……无数艰难险阻，我们一道见证了、亲历了、攻克了……如今我却倒在这里。那些恶言恶语，会不会再一次找上您呢？夫子，由不甘心呐！我仅仅是登上了您那富丽堂皇的殿堂的台阶，尚未窥见您那更为幽邃精深的内室。（略停顿）可是，夫子，我不后悔。现在我躺在这里，用我的生命殉了您的道，我们的道！夫子，我将像你的磬声那般，硁硁然地来，硁硁然地去。道之不行，由已知矣。道之不行，由已知矣！

旁白 灯火晦暗，四下无人。卫国的大殿里只躺着冷冰冰一尊躯体。谁也不知道，这儿曾经正襟危坐着一个人。他的眼睛曾像火焰一样亮，如今火焰像他的眼睛一样失了神。

旁白 孔子在树荫底下的凉席处侧身躺下,一阵突如其来的疲倦笼上他的脸。香气扑面袭来,撩拨着他的嗅觉——是刚煮好的白米饭。颜回正捧着一锅饭向他走来。

颜回走至孔子身前,看到他正闭着双眼。这位夫子好像陷入了深沉的睡眠。从他的脸上,颜回看到了从未见过的饥饿、焦虑与迷惘。

颜回轻手轻脚地将锅放到一边。他打开锅盖,注视着其中的米粒。

颜回抓起一小把放到嘴里。

孔子 (悠悠地)回,你来了。

颜回 夫子。

孔子 方才我做了一个梦。(稍停顿)我梦见伟大的先祖降临,将要启佑我们的旅程。

颜回 啊。

孔子 我想用这锅白米饭,来祭祀我们的先人。

颜回 啊! 不可!

孔子 为何?

颜回 (面露难色)方才有灰尘坠入这饭中,置之不洁,弃之可惜。颜回斗胆把那些饭吃掉了。

孔子 (喟然长叹,而后宽慰地笑)颜氏之子,来!"匪兕匪虎,率彼旷野。"是何谓也?

颜回 (思虑良久,而后义愤填膺地)夫子之道至大,故天下莫能容。虽然,夫子推而行之。不容何病,不容然后见君子! 夫道之不修也,是吾丑也。夫道既已大修而不用,是有国者之丑也。不容何病,不容然后见君子!

孔子 (欣喜地)回! 你再说一遍?

颜回 (面向全体观众,走至台前)不容何病,不容,然后见君子!

孔子 去拿我的马鞭来,去拿我的账本来。

颜回 夫子?

孔子 我要为你驾一段车,颜氏之子。我要为你记一笔账。使尔多财,吾为尔宰。使尔多财,吾为尔宰!

旁白 旷野上,一辆马车正向太阳升起的方向进发。马车上坐着两个人。他们同样目视前方,他们同样目光如炬,他们同样头也不回,向那不知何时才会放明的天尽头,慢慢驶去。

第三幕 当忆沂水春风

旁白 皓日朗朗,自一处高大的墓碑后升起。墓碑前静坐着一个人。鸟儿尽可以在他那蓬乱的头发中筑巢。那人突然站起身,他口中喃喃,似乎在计算着时间。墓碑的北侧种着一株楷树,枝繁叶茂,正茁壮生长着。阳光穿过枝叶的荫蔽照向墓园。金子的光辉点缀在有些磨损的石碑上。

子贡 距离您离我们而去,已有整整六年时光,夫子。在这六年光阴里,我日日夜夜,守在您身前。您就安眠在我眼前,我却慢慢忘却了您的脸。拥有您的陪伴,我原应感到温暖;我却愈发形单影只、顾影自怜。

子贡 您走的那一天,三千弟子侍奉在侧,独少我一人。弟子不孝,妄图借一株楷树,赎清我的罪责,安抚您的灵魂。夫子,这棵小小的楷树苗,如今已亭亭如盖了。

子贡 我不求您能原谅我,夫子,正如我不求子思能宽恕我的过失那般。

那日我探访山林,他穿着敝衣破履来迎接我,我原以为他忘了您的教导,心里生了病。他却告诉我:"无财者谓之贫,学道而不能行者谓之病。若宪,贫也,非病也。"我才发现,我原来是那个得了病的人。

子贡 可如今,又有谁能来医治我的病呢? 又有谁能疗愈我心底的贫瘠呢?

旁白 一束阳光照在楷树的树干上。霎时,子贡看见那斑驳的树影里正走出来一群人。走在后面的,是他阔别已久的同门弟子。那个令他朝思暮想、夜不能寐的高大背影,正静静地立在前面。

陈亢 我看到一位父亲,他的仁大公无私,视一众弟子如同自己的儿子。

子路 我看到一位父亲,他的礼至高至深,即使乘桴浮于海,我亦舍命追随。

原宪 我看到一位父亲,即便我流落草莽、亦侠亦隐,也要将他的义装在心里面。

子贡 啊! 我看到这父亲如楷树,茎干愈发粗壮,枝叶愈发繁茂,荫蔽了世间,润泽了世间,净化了世间! 他立一家之言,开一派之学,将廉洁的精神洒进每一个人的心田!

齐诵 夫子! 父亲! 愿再与你一道,浴乎沂,风乎舞雩,咏而归。与你一道,浴乎沂,风乎舞雩,咏而归!

创作来源

史记·仲尼弟子列传（节选）
[汉] 司马迁

子路性鄙，好勇力，志伉直，冠雄鸡，佩豭豚，陵暴孔子。孔子设礼稍诱子路，子路后儒服委质，因门人请为弟子。

……

方孔悝作乱，子路在外，闻之而驰往。遇子羔出卫城门，谓子路曰："出公去矣，而门已闭，子可还矣，毋空受其祸。"子路曰："食其食者不避其难。"子羔卒去。有使者入城，城门开，子路随而入。造蒉聩，蒉聩与孔悝登台。子路曰："君焉用孔悝？请得而杀之。"蒉聩弗听。于是子路欲燔台，蒉聩惧，乃下石乞、壶黡攻子路，击断子路之缨。子路曰："君子死而冠不免。"遂结缨而死。

译文

子路性情粗朴，喜欢逞勇斗力，志气刚强，性格直爽，时常头戴雄鸡式的帽子，佩戴着公猪皮装饰的宝剑，曾经欺凌过孔子。孔子用礼乐慢慢地引导他，后来，子路穿着儒服，带着拜师的礼物，通过孔子学生的引荐，请求做孔子的学生。

……

当孔悝作乱时，子路有事在外，听到这个消息就立刻赶回来。子羔从卫国城门出来，两人正好相遇，他对子路说："卫出公逃走了，城门已经关闭，您可以回去了，不要因他遭受祸殃。"子路说："吃着人家的粮食就不能回避人家的灾难。"子羔于是离去了。正赶上有使者要进城，城门开了，子路就跟了进去。找到蒉聩，蒉聩和孔悝都在台上。子路说："大王为什么要任用孔悝呢？请让我捉住他杀了。"蒉聩不听从他的劝说。于是子路要放火烧台，蒉聩害怕了，便叫石乞、壶黡到台下去攻打子路，斩断了子路的帽带。子路说："君子可以死，但帽子不能掉下来。"说完系好帽子就死了。

史记·孔子世家（节选）

［汉］司马迁

　　孔子迁于蔡三岁，吴伐陈。楚救陈，军于城父。闻孔子在陈蔡之间，楚使人聘孔子。孔子将往拜礼，陈蔡大夫谋曰："孔子贤者，所刺讥皆中诸侯之疾。今者久留陈蔡之间，诸大夫所设行皆非仲尼之意。今楚，大国也，来聘孔子。孔子用于楚，则陈蔡用事大夫危矣。"于是乃相与发徒役围孔子于野。不得行，绝粮。从者病，莫能兴。孔子讲诵弦歌不衰。子路愠见曰："君子亦有穷乎？"孔子曰："君子固穷，小人穷斯滥矣。"

　　……

　　孔子知弟子有愠心，乃召子路而问曰："诗云'匪兕匪虎，率彼旷野'。吾道非邪？吾何为于此？"子路曰："意者吾未仁邪？人之不我信也。意者吾未知邪？人之不我行也。"孔子曰："有是乎！由，譬使仁者而必信，安有伯夷、叔齐？使知者而必行，安有王子比干？"

　　子路出，子贡入见。孔子曰："赐，诗云'匪兕匪虎，率彼旷野'。

吾道非邪？吾何为于此？"子贡曰："夫子之道至大也，故天下莫能容夫子。夫子盖少贬焉？"孔子曰："赐，良农能稼而不能为穑，良工能巧而不能为顺。君子能修其道，纲而纪之，统而理之，而不能为容。今尔不修尔道而求为容。赐，而志不远矣！"

子贡出，颜回入见。孔子曰："回，诗云'匪兕匪虎，率彼旷野'。吾道非邪？吾何为于此？"颜回曰："夫子之道至大，故天下莫能容。虽然，夫子推而行之，不容何病，不容然后见君子！夫道之不修也，是吾丑也。夫道既已大修而不用，是有国者之丑也。不容何病，不容然后见君子！"孔子欣然而笑曰："有是哉颜氏之子！使尔多财，吾为尔宰。"

译文

孔子迁居到蔡国三年，吴国攻打陈国。楚国救援陈国，军队驻扎在城郊。听说孔子在陈国、蔡国附近，楚国派人去聘请孔子。孔子准备前往拜礼，陈国和蔡国的大夫商议说："孔子是位贤人，他所讥刺抨击的都切中诸侯的弊病，现在长久地停留在陈国和蔡国之间，但众大夫的措施和作为都不合仲尼的想法。如今的楚国，是个大国，派人来聘请孔子。如果孔子被楚国重用，那么我们陈、蔡两国掌权的大夫就危险了。"于是他们就一同派遣一些服劳役的人在野外把孔子围起来。孔子和他的弟子们无法动身，粮食也断绝了。随行的弟子饿坏了，没人能站起来。孔子却还在给大家讲习诵读、演奏歌唱，没有停下来。子路生气地说："君子也有困窘的时候吗？"孔子说："君子能固守困窘，小人困窘就会胡作非为。"

......

孔子知道弟子中有人心存不满,于是叫来弟子子路问道:"我们的学说有什么不对吗? 我们为什么会落到这个地步?"子路说:"想来是我们还未达到仁吧? 所以人家不信任我们。大概是我们还未达到智的境界吧? 所以人家不实行我们的学说。"孔子说:"有这样的说法吗? 仲由,假使达到仁的境界一定能受到信任,怎么会有伯夷、叔齐(被饿死)? 假使达到智的境界就一定能推行学说,怎么会有王子比干(被剖心)?"

颜回进来见孔子。孔子说:"回啊,我们的学说有什么错误吗? 我们为什么会落到这个地步呢?"颜回说:"老师的学说极为博大,所以天下没有人能够容纳。如果我们不研修学说,这是我们的耻辱。我们已经大力研修学说却不被采用,这是各国当权者的耻辱了。不被容纳怕什么? 不被容纳,这样才能显出君子的本色!"孔子听了高兴地笑着说:"有这样的道理啊,颜家的小伙子(好小子)! 假使你有很多财产,我愿意当你的管家。"

史记·仲尼弟子列传(节选)

[汉]司马迁

孔子卒,原宪遂亡,在草泽中。子贡相卫,而结驷连骑,排藜藋入穷阎,过谢原宪。宪摄敝衣冠见子贡。子贡耻之,曰:"夫子岂病乎?"原宪曰:"吾闻之,无财者谓之贫,学道而不能行者谓之病。若宪,贫也,非病也。"子贡惭,不怿而去,终身耻其言之过也。

译文

孔子去世,原宪就流亡隐居在荒郊野地之中。子贡出任卫国之相,随从的车马前呼后拥,分开高过人头的野草,进入僻陋的里巷,探望问候原宪。原宪整理好所穿戴的破旧衣帽与子贡相见。子贡为此感到羞耻,说:"夫子难道也病了吗?"原宪说:"我听说过这样一句话:没有财产叫作贫,学习道义而不能付诸行动才叫病。像我这样,是贫,而不是病啊。"子贡觉得惭愧,不高兴地离去,一生都因为这次言语的过失而感到羞耻。

创作感想

在写《清心明道——孔子廉洁精神传承的故事》的时候,我分明看见了一位伟岸的父亲形象。

我深刻地感受到了孔子的伟大思想和清廉精神,以及对后人的深远影响。这个剧本强调了孔子廉洁精神的传承,是一种对孔子思想的致敬。通过剧情的安排和表现,我也希望观众能够深刻领会孔子廉洁精神的价值,并跟随孔子的步伐,一同面对这个世界,一同传承好廉洁的精神。

用颜渊的话说就是"仰之弥高,钻之弥坚"。通过表演代入角色,会有更好的理解。这就是创作剧本的意义。

教师评价

在这组同学的整个表演中,最出彩的要数他们的台词,我想先请同学们再仔细品一品第一段旁白:"太阳摇晃,向西边的天空坠去……两人忽然停下脚步。红日的中心升起了一个人。"寥寥数语便奠定了整个作品庄严沉重但暗含希望的基调;而后面的几句话:"我看到一位父亲,他的仁大公无私,视一众弟子如同自己的儿子。我看到一位父亲,他的礼至高至深,即使乘桴浮于海,我亦舍命追随。我看到一位父亲,即便我流荡草莽、亦侠亦隐,也要将他的义装在心里面。"我们看孔子总觉得"仰之弥高",好像与孔子隔着无法跨越的隔阂,这就导致了我们不愿意去读、去了解孔子。但是通过这组同学的精彩演绎,孔子不再是一位无法触及的"圣人",他变成了一位"父亲",用一种心贴心的方式将道理掰开了、揉碎了讲给我们听,感谢这组的精彩演绎,让我们看到了孔子的另一面!

梁晓凤　胡盼娜

（a）

（b）

《清心明道——孔子廉洁精神传承的故事》小组表演剧照

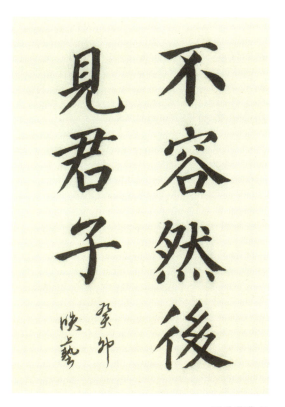

王昳艺作品

守勤廉孝悌，秉琅琊家风

李慧颖　谢一承

剧情梗概

　　琅琊王氏，长期生活于琅琊这一特定行政区域内，是中古时期中原最具代表性的名门望族。故事讲述了研究员小何被派去研究琅琊王氏家风，却意外穿越到了明朝。他了解了王阳明对叔父的嘱托，以及对孩子的期望。小何亲历了过往，因此他的报告获得了领导的一致好评。

剧情人物

领导、研究员小何、王德声、王阳明

第一幕 接到任务，若有所思

旁白 琅琊王氏，长期生活于琅琊这一特定行政区域内，是中古时期中原最具代表性的名门望族。今天我们就跟随着研究员小何走进明朝，来看琅琊王氏家风的传承。

（研究员小何从舞台左边走入中间，走着走着，电话铃声响起。）

领导 喂？那个小何啊，刚接到上面派下来的一个任务，研究我国历史上琅琊王氏这个家族的家教家风，感觉这段时间你表现不错，那么这个项目就给你了，好好干啊。

研究员小何 啊，感谢杨局，我一定会努力做到最好的。

领导 嗯嗯嗯。那就先这样吧。

研究员小何 好的好的，杨局再见！

研究员小何 （右手握着手机向左手掌心拍打，若有所思地）琅琊王氏……琅琊……王氏……嗯……

（边说边向舞台右边退场，灯光渐暗）

第二幕 探寻知识，穿越大明

（展示琅琊王氏家族的博物馆中，架子上挂着书法家训作品）

旁白 为了研究这个课题，研究员小何来到了展示琅琊王氏家族的博物馆内参观,王氏家族自兴起发展至大唐王朝,一直都谨遵先祖遗训,安居乐业,在政治、经济、文化各个方面都有建树。

旁白 他们中有的人在乐理方面颇有造诣,有的人成为先生教书育人,有的人开了米铺凭良心行商,有的人做了丞相与皇帝共商国是。

研究员小何 资料显示琅琊王氏到隋唐时期已经逐步走向衰落了,没想到这个家族并没有销声匿迹,反而在社会生活中继续发扬着祖先的荣耀。

旁白 突然出现了一股神秘的力量将研究员小何吸入了书法作品内,他来到了明朝的王家。

(小何从舞台右边入场,直到走到作品斜侧方,略微抬头看作品,嘴里含糊轻念作品内容。忽然作品周边金光一闪,研究员小何被吸入作品内,灯光从最亮到全黑)

第三幕 告别叔父,阳明传道

旁白 研究员小何碰上了在王阳明衙门处居住数月的王德声,王德声是王阳明的叔父,他正要归家,此时叔父二人正在惜别。

王德声 (语重心长地说)守仁啊,此次来赣州已三月有余,看到你平息山民暴乱,造福赣州百姓,叔父就能放心了,眼下是时候回余姚啦。

王阳明 这段日子多亏了叔父的支持和提点,我也很想同叔父一同回余姚老家,奈何此时正是朝廷用人之际,为了家国百姓,我也只有留在赣州了。叔父一路多加小心,到余姚时千万记得给侄儿来信报个平安。

王德声 (走到王阳明身边，拍拍王阳明的肩膀)叔父在家等着你！

王阳明 (双手背在身后，抬头吟诗《送德声叔父归姚》)犹记垂髫共学年，于今鬓发两苍然。穷通只好浮云看，岁月真同逝水悬。

王阳明 (转身看向王德声，沉重)叔父此去余姚，阳明心里是安心的，只是家中宪儿正值须要教训之时，趁叔父回家之便，我想烦请叔父帮我把这则训诫带回家，让家中长辈对宪儿严加教训，使之读书学礼，从"心地"开始，从"德行"着手，把宪儿培养成"良士"。

王德声 (疑惑但带有期待)你且说来就是！

王阳明 示我儿正宪：幼儿曹，听教诲；勤读书，要孝悌；学谦恭，循礼仪；节饮食，戒游戏；毋说谎，毋贪利；毋任情，毋斗气；毋责人，但自治；能下人，是有志；能容人，是大器；凡做人，在心地；心地好，是良士；心地恶，是凶类；譬树果，心是蒂；蒂若坏，果必坠；吾教汝，全在是；汝谛听，勿轻弃。

王德声 (赞许地点头)阳明实在是用心良苦啊，我一定带到，相信宪儿一定可以做到勤读书、早立志、学做人、做好人！

王阳明 我已为叔父备好车马，容我送叔父一程。

王德声 好！

旁白 此时研究员小何又被一股神秘的力量吸回了现代。

(研究员小何往左，到达舞台左边离场)

第四幕 完成报告，收获好评

研究员小何 （从舞台左边入场,快走）我得赶紧整理刚刚记下来的资料！（坐在电脑前开始打字）

（灯光暗,研究员小何向舞台右边退场。同时领导上场坐到电脑前）

旁白 经过昼夜不停地研究与整理,小何终于完成了对琅琊王氏家教家风的研究报告,他喜出望外,赶忙到领导办公室去报告这个喜讯。

（灯光亮）

（背景音:敲门声）

（研究员小何敲了敲门,领导答"进",小何进入办公室）

研究员小何 您上次派的任务我做好了,具体文件发您邮箱了,您看怎么样呀？

领导 小何你来啦,哎呀,一收到我就看咯,做得很专业很细致啊,我个人非常欣赏,估计研究院内部也会满意的！

研究员小何 啊,领导谬赞了,我也是机缘巧合查到了些资料,才能做得稍微像样点,还好没辜负您的期望啊！

领导 说的哪里话！那么客气！

研究员小何 您还打趣我,之后还要您多指点呀。

（领导会心一笑,灯暗下来）

（所有人依次从舞台左边上场,朗诵王氏家训）

"夫言行可复,信之至也。"

"推美引过,德之至也。"

"扬名显亲,孝之至也。"

"兄弟怡怡,宗族欣欣,悌之至也。"

"临财莫过乎让。"

"此五者,立身之本。"

创作来源

琅琊王氏家训

夫言行可复，信之至也。推美引过，德之至也。扬名显亲，孝之至也。兄弟怡怡，宗族欣欣，悌之至也。临财莫过乎让。此五者，立身之本。

译文

言行能一致，是信的极点。把美名推让给别人而自己承担过失，是德的极点。传播好名声使亲人显赫，是孝的极点。兄弟和乐，宗族欢欣，是悌的极点。在财物面前没有比谦让更好的了。这五条，是立身的根本。

示宪儿

[明] 王阳明

幼儿曹，听教诲；勤读书，要孝悌；学谦恭，循礼仪；节饮食，戒游戏；毋说谎，毋贪利；毋任情，毋斗气；毋责人，但自治；能下人，是有志；能容人，是大器；凡做人，在心地；心地好，是良士；心地恶，是凶类；譬树果，心是蒂；蒂若坏，果必坠；吾教汝，全在是；汝谛听，勿轻弃。

译文

孩子啊，听我的教诲。你们要勤奋读书，孝顺父母，敬爱兄长；要学习谦恭待人，一切要遵循礼和义；要节制饮食，少玩游戏；不要说谎，不能贪利；不要任情耍性，不要与人斗气；不要责备他人，要懂得自我管理；能放低自己身份，是有志气的表现；能容纳别人，是有度量的表现；做人的尺度就是心地的好坏。心地好，就是好人；心地恶，就是恶人。这就如同树上的果子，它的核心是蒂；如果蒂先败坏了，果子必然坠落。我教诲你们的，全都在这里。你们应好好听从，不可丢弃。

创作感想

对中国人来说，有家就有家风。从世族大家文字化的家训、家谱，到普通百姓家父母长辈的一言一行，家规、家教形式不同，但传递的都是一个家庭或家族的道德准则和价值取向。"栽什么树苗结什么果，撒什么种子开什么花"，家风影响着一个家族每一代人的成长。万丈高楼始于基，一个人价值观形成的起点是家风，家风就是一个人和一家人成长的"地基"。优良家风的教诲，能够成就我们熟知的大家。"少成若天性，习惯如自然。"家是最小国，国是千万家。家风不仅关乎家庭小家之兴衰，更关乎民族大家之未来。倘若全社会都注重家庭家教家风建设，继承优良传统、涵养良好家风，以千千万万家庭好家风支撑起全社会的好风气，就能汇聚起奋进新征程的磅礴力量，创造更加美好的未来。

教师评价

相信同学们对于"琅琊王氏"都不陌生，也或多或少能说出几个姓王的历史名人，这组同学借助王氏家族一脉相承的家训串起了古代与现代，而王阳明与其叔父的对话也向我们透露出这个家族的历史底蕴和人文素养。"琅琊王氏"是历史上有名的簪缨世家，据记载，从东汉至明清1700多年间，该家族产生了35位宰相、36位皇后、36位驸马，因此"琅琊王氏"有"中华第一望族"之称。我们说一个人的成功不会是偶然的，一个家族的成功更是有其内在的、深层的原因，回顾这个家族的历史，会发现一代代的王姓人都自觉恪守孝悌、德行、勤俭、诚信等家风家训。家风家训是家族历史的积淀，是家族文化的传承，王祥"卧冰求鲤"并在临终时留下《训子孙遗令》，要求族中子弟以"信、德、孝、悌、让"五者为立身之本；王衍"未尝谋货利之事"；王导"素寡欲，仓无储谷，衣不重帛"……"两晋家声远，三槐世泽长"，充分概括了琅琊王氏家规家训家风所起的积极作用。

梁晓凤　胡盼娜

《守勤廉孝悌，秉琅琊家风》小组表演剧照

夫言行可覆信之至也推
美引过德之至也扬名显
亲孝之至也兄弟怡怡宗
族欣欣悌之至也临财莫
过於平让此五者立身
之本 癸卯冬费嘉宸书

费嘉宸作品

一蓑烟雨任平生

方小月　谢一承　等

剧情梗概

苏轼,字子瞻,号东坡居士,四川眉山人,与其父苏洵、其弟苏辙合称"三苏"。整个剧本从课堂内容出发,以苏轼的人生经历、家风和思想为主线,描绘了兄弟之间、朋友之间、父子之间的廉洁故事。通过对话和朗诵的方式,表达了苏轼的积极人生态度、廉洁从政理念以及家风传承的重要性。

剧情人物

学生乙、老师、学生甲、学生丙、苏辙、书童、苏轼、朋友1、朋友2、朋友3、苏迈

第一幕 诗词叙苏轼，窃语话东坡

（上课铃声响后，三名学生仍在窃窃私语）

学生乙 希望老师今天不要拖堂，听说食堂今天有东坡肉，去晚了，可就吃不上了。

老师 同学们，上课啦！今天我们要学的课文是第三单元的第一篇《题西林壁》，同学们都预习过了吗？

学生甲、学生乙、学生丙 预习过了。（一起说）

老师 那么请同学们自由朗读课文，朗读结束后，老师有几个问题想考一考大家。

（学生朗读）

老师 有谁知道《题西林壁》的作者是谁？

（学生争相举手）

学生丙 （起立）是苏轼！我还知道他的名号——东坡居士。

老师 没错！这首诗正是苏轼被贬赴汝州时经过九江，与友人参寥同游庐山时所作。苏轼一生命途多舛，但他乐观向上、博学多才，不仅善作歌文，对美食的研究也是一绝，你们刚刚说的东坡肉也与他有关。接下来，就让我们通过几个故事走近苏轼吧！

第二幕 兄弟相牵挂 和诗话人生

旁白 1057年,苏轼和苏辙第一次离开故土,跋山涉水前往京城应举。经过渑池,两人寄宿在老僧奉闲的僧舍。1061年,苏轼被任命为凤翔府签判,苏辙为他送行。

苏辙 (苦闷彷徨)为何渑池之行如此短暂? 我实在是思念兄长啊。不知兄长所行之处是否会有雪泥塞道,我实在担心! 归骑还寻大梁陌,行人已度古崤西。浮生一梦,究竟何处是你我的归途?(装信)

书童 (叩响了苏轼的房门)先生,您的信!(送完信后下)

苏轼 (收到信,沉默)子由啊子由,你的诗令我感慨颇多! 为兄便与你和诗一首(边走边吟)。人生到处知何似? 应似飞鸿踏雪泥。泥上偶然留指爪,鸿飞那复计东西。鸿爪留印是偶然的,鸿飞东西却是自然的,前路漫漫,这里并非终点啊! 顺应自然,方能致远。

苏轼 往日崎岖还记否,路长人困蹇驴嘶。子由,当年旅途的艰辛仍历历在目,而如今吾等皆中进士,一切来之不易,你我更要珍重如今的每一时每一事啊。

旁白 这时的苏轼仕途才刚刚开始,并未碰壁,他心中还怀有满腔热血,渴望建功立业。但初次远行的困苦,使他深刻感受到了人生如飘萍般的艰难,他甚至预感到了未来道路中的艰难险阻。他既劝世人不要沉溺于生活中的点滴成就,又强调不要一味否定人生而悲观厌世。苏轼这份超越年龄的理智和成熟、冷静与超然真是难能可贵啊!

第三幕 风雨的坦然，人生的淡然

旁白 元丰二年(1079)，苏轼因"乌台诗案"被捕入狱，出狱后被贬为黄州团练副使，这一时期，苏轼忧患深重，但他仍对生活保持乐观向上的态度。元丰五年春(1082)，也就是苏轼被贬黄州的第三年春天，苏轼因去沙湖买田，回来的路上遭遇了一场暴雨。

朋友1 (以手作伞,慌张忙乱地整理头发)突逢暴雨，吾见这附近又无避雨处，这可如何是好哇？

朋友2 (心情郁闷)哎，晨起见晴空一片，怎知突下暴雨！雅兴尽失啊！

朋友3 (手指仆人离开的方向)吾等还是速速追上仆人，取得雨具为好啊！诶，子瞻呢？

苏轼 (整理衣着,淡定自如)哈哈哈，尔等皆狼狈，余独不觉啊。莫听穿林打叶声，何妨吟啸且徐行。竹杖芒鞋轻胜马，谁怕？一蓑烟雨任平生。

朋友1 (情不自禁地拍手)子瞻真是潇洒啊！有吾等未有之胸襟！莫听穿林打叶声，何妨吟啸且徐行。越是纠结眼前的风雨，它越是百般折磨你，越是放不下当前的苦难，它就越得寸进尺。与其唉声叹气，不如吟啸徐行；与其自怨自艾，不如风雨兼程。

朋友2 (若有所思)竹杖芒鞋轻胜马，谁怕？一蓑烟雨任平生。子瞻何止在说眼前风雨，更是在说要旷达面对人生的风雨啊！

朋友3 (指天)瞧，天晴了，莫非上天都为子瞻的词惊绝？

苏轼 (看着雨过天晴,神情淡然)料峭春风吹酒醒，微冷，山头斜照却相迎。回首向来萧瑟处，归去，也无风雨也无晴。

朋友3 (疑惑)刚才下了大雨，你不躲。未来可能还下，你也不跑。现在天已放晴，你为何又不欢喜呢？

苏轼 (站立沉思许久)风雨在哪里？晴天在哪里？悲喜又在哪里？过去我该悲伤吗？现在我该欢喜吗？未来我该憧憬吗？不，我曾经憧憬的是致君尧舜，我曾经梦想的是拯救苍生。可是如今我却沦落至此，为了碎银几两，劳碌奔忙。昨日的我是朝廷大员，今日的我是竹杖芒鞋的农夫，明日的我谁又能预料呢？过去心不可得，现在心不可得，未来心亦不可得。那名是蜗角虚名，那利是蝇头微利。我不念过往，不负当下，不畏将来。无论风雨还是晴天，我得之坦然，失之淡然。

朋友3 吾生须臾，天地浩渺，江山无限，风月长存。人这一生最难的是看清自己。就像登山，无论你登上哪一层台阶，阶下都有人在仰望你，阶上也有人在俯视你，抬头自卑，低头自得，唯有平视才能看见真实的自己。"我和谁都不争，和谁争我都不屑。"子瞻，你达到了人生的至高境界啊。

第四幕 德行传数代，父子之情深

旁白 苏轼旷达不羁、清正廉洁、心怀百姓的伟大人格，与家庭的教育密不可分，他的父亲苏洵十分注重家庭教育。苏洵撰有《苏氏族谱》，概述了苏氏家族的起源、发展，记述了苏氏先祖的嘉言善行，教育后代不忘祖宗先人，要孝悌忠信、和睦友爱，继承和发扬先辈优良传统。而苏轼也承袭了父亲注重家风教育的优良传统。宋神宗元丰七年，苏轼长子苏迈被朝廷任命为饶州德兴县尉，分别之际……

苏轼 此行已至齐安湖口石钟山下，为父不能再送你了。迈儿切记，为官期间，必立志为民，身体力行，尽职尽责。此砚你带上，记得时不时看看砚底铭文。

苏迈 (接过砚台，看着砚台底下的字念)以此进道常若渴，以此求进常若惊。以此治财常思予，以此书狱常思生。(抬头看向苏轼)

苏轼 (点头)是啊，为官期间，要努力提高自身素质，以圣贤之道为方向和标杆；要锲而不舍，锐意进取，达到"日日新，又日新"的境界。后面的你理解了吗？

苏迈 迈儿明白。要心存善念，体恤民苦。撰写判决公文要慎之又慎，既不能让有罪之人逍遥法外，也不能冤枉好人。父亲，迈儿还想起了父亲两年前所作之文。

苏轼 什么？你说的可是《赤壁赋》？

苏迈 是的，父亲。"夫天地之间，物各有主，苟非吾之所有，虽一毫而莫取。"做人应如此，为官更应如此。钱财权力皆为身外之物，迈儿定不会为其所困。迈儿只要那清风明月，还有迈儿所任之地百姓生活安定平和。

苏轼 迈儿，为父很高兴你有此觉悟。"拣尽寒枝不肯栖"，无论时局如何，他人如何，我们定要保持自己内心的清廉。

苏迈 感谢父亲的教诲，迈儿必铭记在心。

苏轼 那便好。迈儿，你去吧，路上保重身体，到任之后多通书信。

苏迈 好，父亲也要多多保重，儿子告辞了。(骑马远去)

苏迈 父亲以诗铭砚，用心可谓良苦。往后，我若要动笔，必先问砚，定不让父亲失望。

旁白 苏迈为官公而为民、政绩卓著、两袖清风，受到百姓拥戴，在他逝世后，百姓还自发建造苏堂纪念他。

第五幕 文字如其人，家风流百世

老师 了解完苏轼，我们再来看他的文章，就会有新的感受。相信大家都听说过"文如其人"这个词，那有同学知道它的出处吗？

学生甲 嗯……这个词就出自苏轼的《答张文潜书》："子由之文实胜仆，而世俗不知，乃以为不如。其为人深不愿人知之，其文如其为人。"

老师 这句话虽然是苏轼在夸赞子由文如其人，但苏轼自己也是如此，这与他们所受的良好家风教育是分不开的。

学生乙 （举手）我知道！苏轼写过"一点浩然气，千里快哉风"，表现了他的正直和豁达。还有"苟非吾之所有，虽一毫而莫取"，也正是他一生的坚守。

学生丙 在《六事廉为本赋》中，苏轼认为"功废于贪，行成于廉"，廉洁是考察官员的首要标准，而他自己就做到了行事坦荡、造福百姓。能始终坚定不移地践行自己下"廉洁从政"的理念真是太厉害了！

（学生说话时，老师在黑板上写下"一门父子三词客，千古文章四大家"）

老师 看来大家都已经有了自己的想法。其实不单单是我们，许多名人也对苏轼有极高的评价，比如王国维先生就称："三代以下之诗人，无过屈子、渊明、子美、子瞻者。此四子者苟无文学之天才，其人格亦自足千古。"正是这种高尚的人格影响着一代又一代人，让我们的中华文明越发璀璨。那么，在这堂课的最后，我们一起来感受一下苏氏家训吧！

（全体上场）

全体 凡吾子孙，必讲文明。父慈子孝，兄友弟恭。夫正妇顺，内外有别。老小有序，礼义廉耻。为人豪杰，处事必公。费用必俭，为官必廉。

非义不取,救死扶贫。敦亲睦族,敬老尊贤……

(下课铃响,学生站起来)

学生甲 下课啦,我们快去吃东坡肉吧!

(其他两位学生点头,师生共同退场)

创作来源

题西林壁

[宋]苏轼

横看成岭侧成峰,远近高低各不同。

不识庐山真面目,只缘身在此山中。

译文

从正面、侧面看庐山,山岭连绵起伏、山峰耸立,从不同方位看庐山,它呈现出各种不同的样子。我之所以认不清庐山真正的面目,是因为我自身处在庐山之中。

怀渑池寄子瞻兄

[宋]苏辙

相携话别郑原上，共道长途怕雪泥。

归骑还寻大梁陌，行人已度古崤西。

曾为县吏民知否？旧宿僧房壁共题。

遥想独游佳味少，无方骓马但鸣嘶。

译文

我们一起在郑地原野上道别，担心前路事事艰难。归去的途中还在大梁田间徘徊，想来你已经翻过古崤关向西。你曾经做过县吏，百姓还记得吗？我们还一起歇宿僧房共题壁诗。遥想兄长独行一定旅途寂寞，前路迷茫，只能听到骓马嘶鸣。

定风波

[宋]苏轼

三月七日，沙湖道中遇雨。雨具先去，同行皆狼狈，余独不觉。已而遂晴，故作此词。

莫听穿林打叶声，何妨吟啸且徐行。竹杖芒鞋轻胜马，谁怕？一蓑烟雨任平生。

料峭春风吹酒醒，微冷，山头斜照却相迎。回首向来萧瑟处，归去，也无风雨也无晴。

译文

不要听那树林中风雨的声音,何妨悠然吟诗从容而行。手持竹杖,脚踏芒鞋,轻便胜过骑马,又有什么可怕的? 一身蓑衣,于烟雨中度平生。

料峭的春风把我的酒意吹醒,身上略微感到一些寒冷,看山头上斜阳已露出了笑脸。回首来程风雨潇潇的情景,我决定归去,不管它是风雨还是放晴。

苏氏家训(节选)
[宋]苏轼

凡吾子孙,必讲文明。父慈子孝,兄友弟恭。夫正妇顺,内外有别。老小有序,礼义廉耻。为人豪杰,处事必公。费用必俭,为官必廉。非义不取,救死扶贫。敦亲睦族,敬老尊贤……

译文

凡是我们的子孙,一定要讲文明。父亲慈爱,儿子孝顺,哥哥友善,弟弟恭敬。丈夫正直,夫人顺从,内外有别。长幼有序,要讲礼义廉耻。为人豪杰,做事一定要公私分明。用度必须节俭,做官必须廉洁。不符合义的不可取,要救死扶贫。对待亲戚族人要诚恳亲和,敬爱老人,尊重贤者……

创作感想

对于苏轼,我们相当熟悉。苏轼,字子瞻,号"东坡居士",是北宋著名的文学家、书画家、美食家。苏轼的词豪放,其为人豁达乐观又不乏柔情。苏轼的家风源于苏杲、苏序的扶危济困,继承了苏洵的"诗书传家""志存高远"。苏轼时刻谨记苏洵在《苏氏族谱》中的训诫:"薄于为己而厚于为人,事父母极于孝,与兄弟笃于爱,与朋友笃于信。"苏轼亦告诫子孙:"凡吾子孙,必讲文明。父慈子孝,兄友弟恭……"

剧本正是让我们在品味苏轼诗文的同时,感悟苏轼"专于事物,读书正业;兄友弟恭,孝慈仁爱;非义不取,为政以德"的优良廉洁家风。作为未来的人民教师,我们更应该以身作则,将廉洁二字内化于心,外化于行,自觉抵制社会不良风气,秉持职业操守,无私奉献于教学事业,为祖国的现代化建设出一份绵薄之力。

教师评价

在中国古代的诗人里,我最喜欢的就是苏轼,因为在苏轼的作品里有着一份很可贵的豁达开阔,这组同学也有一定的展示,看这句"一点浩然气,千里快哉风",多么疏旷的境界!苏轼的一生可以用"一贬再贬"来形容,按照常理来说,如果一个人一直不得志,那可不得得"抑郁症"了吗?可是处于这种境遇中的苏轼却能写出"莫听穿林打叶声,何妨吟啸且徐行。竹杖芒鞋轻胜马,谁怕?一蓑烟雨任平生"这样意境旷达的词句,只能说苏轼内心有一股很坚定的精神力量支撑着他,帮助他在混沌变幻的局势中坚守本心,这就是他对于"廉"的坚守。"功废于贪,行成于廉",苏轼正是将"廉"这个字内化于心、外化于行,才能在这种处境中仍然保持一颗初心。所以同学们,当你们在生活中遇到坎坷的时候,去读苏轼吧,也许你们能从中获得支持。

梁晓凤　池唯嘉

（a）

（b）

《一蓑烟雨任平生》小组表演剧照

莫聽穿林打葉聲何妨吟嘯

且徐行竹杖芒鞋輕勝馬誰怕

一蓑煙雨任平生料峭春風吹

酒醒微冷山頭斜照卻相迎回

首向來蕭瑟處歸去也無風

雨也無晴　癸卯牧雲書

《定风波》作品

虎子彻悟忠孝义，少将传承报国志

——岳飞家风故事

钱贝儿　徐乐楠 等

剧情梗概

　　岳飞是南宋时期的抗金名将，其代表词作《满江红·怒发冲冠》更是千古传诵的爱国名篇。其子岳云，亦是南宋抗金名将，是中国历史上少有的少年将军。本剧以岳飞家风为主要故事脉络，以其子岳云为剧情线索，巧设时空交错的情节，重现"父母之爱子，则为之计深远"的岳家家风。

剧情人物

士兵、岳云、疯癫道人、岳飞、岳母、张浚、张宪

第一幕 少将军怨怒无列功，疯癫道引魂入虚境

旁白 岳云十二岁开始随岳飞爱将张宪行军。随军期间，岳云在沙场上冲锋陷阵，所向披靡。绍兴三年（1133）九月庚申，岳云随已任神武副军都统制的岳飞朝见宋高宗，受封保义郎。在绍兴四年的战役中，岳云随张宪攻占邓州，立下赫赫战功。但岳飞对其建立的战功置若罔闻，均不报功请赏。

士兵 少将军！少将军！您慢点走！主帅这么做，一定有他的深意。（岳云边走边解开战袍的系带，士兵跟在他后面）

岳云 我知道他是什么意思！（岳云解开系带后，将袍子往地上重重一扔，而后怒瞪着为岳飞说好话的士兵）

士兵 您别动怒，当心一不留神，叫那才养好的伤又扯开了。

岳云 这点小伤，不碍事。（岳云绕到桌后坐下，看着士兵）

士兵 我们都知道少将军是岳主帅的长子，年仅十二岁就上了战场，跟随张宪将军出生入死，所向披靡。军中谁人不晓得您的威名，那"赢官人"的名号可是响当当的！（观察岳云的脸色，见他慢慢冷静下来便继续劝他）

岳云 我从小在祖母身边长大，父亲在战场上是如何神勇英武都是她讲与我听的。耳濡目染中，我也立志要同父亲那般威武，去杀敌立功。

岳云 （重重叹气）绍兴三年（1133）九月，我随父亲朝见圣上。（向上拱手）就连圣上都赞我年少有为，特赐我一件战袍和一杆铁锥枪。我随张将军行军，每逢交战，都先于诸军登城。历数大小功绩，少说也有近百件。可我不论立下什么战功，却好像总入不了父亲的眼，更别提让父亲为我报功请赏了。（岳云往椅子上一坐，看着士兵）

士兵 少将军……

(军帐外传来一声号令）一队集合！二队休整！

士兵 (抱拳行礼)少将军，属下先告退！

岳云 (摆摆手)去吧！

旁白 岳云待人走后，心中郁结，便翻起了手边的书。仔细一瞧，竟也是父亲旧年赠予的兵法书。

岳云 湛湛长空，乱云飞渡，吹尽繁红无数。正当年，紫金空铸，万里黄沙无觅处。沉江望极，狂涛乍起，惊飞一滩鸥鹭。鲜衣怒马少年时，能堪那金贼南渡？

旁白 他想起父亲无视他做的种种，不免胸中郁结、苦闷不已，以致旧伤复发，疼痛难忍，一时间眼前天旋地转，竟昏昏沉沉睡去。

疯癫道人 此人相貌不凡、气宇轩昂，又年纪轻轻，怎会独自流连在此般地界？(拿出破烂蒲扇，拂过岳云头顶，又用手掐算了几下)呵呵，原是如此，原是如此！少年将军呐，你已心魔缠身，便再难出去，若不得解，只怕……不过你我相遇便算有缘，我帮你一把。但能否破了心魔，便要看你自己的造化咯！

第二幕 岳飞尽忠赴沙场，岳母刺字嘱报国

(场景切换至岳飞家中)

旁白 北宋末年，当权者腐败无能，边境失守。公元1126年，北宋被金国所灭，岳飞目睹了金人入侵后人民惨遭杀戮、奴役的情形，心中愤

慨,意欲投军,又担忧老母年迈、妻儿力弱,在兵乱中难保安全。

旁白 临行前,是夜。

岳云 (躺在岳母房中,被一束强光照射,醒来)嘶……这是什么地方? 来人!来人!(无人应答,愤而起身,准备推门出去)

岳飞 (在门外)娘。

岳云 (突然站住,小声嘀咕)这声音……好似父亲。娘? 是祖母吗?

岳云 父亲! 父亲!

岳飞 (不作答,再次在门外喊)娘!

岳母 进来吧!

岳云 (心下虽疑惑,但还是退闪一旁)难道爹和祖母都听不着我的话,看不见我的人吗? 真是奇怪……莫非我着了道,落进了什么幻境之中?

(岳飞轻轻推开岳母的门)

岳母 还没歇着?

岳飞 娘,我有话跟您说。(岳飞走到岳母面前跪下)

岳飞 娘,孩儿明日就要奔赴沙场,不能在您膝下服侍,孩儿不孝。

岳母 娘明白,娘啊早就想开了。七尺男儿为国守疆天经地义,你就安心拉开步子跟着张大人去吧。只是你这一走啊,不知何时回来。娘什么都不要求你,娘只有四个字要你守着。

岳飞 娘,您讲。

岳母 尽、忠、报、国!

(岳母把岳飞扶起来)

岳母 你出门是尽忠,回家是尽孝,都是好事。原先皇上没撤你的职,你喊尽忠报国,那是逞一时之勇。如今皇上撤了你的职,你可得想清楚皇帝是怎么样的皇帝,大宋是怎么样的大宋,时局是怎么样的时局。你再喊尽忠报国,就不能逞一时之勇,而应谋定而后动,动则必有成。(岳母坚定地看向岳飞)

些我的好友、同窗,其父之功尚且比不了我父亲,却早已进入朝廷担任大大小小的官职。而我自入伍以来,非但从未得到父亲的照顾,还常因犯错而受到重罚。

岳云　(失魂落魄)从前,我不理解父亲此般种种苦心,只是怨他,只知道怨他! 那劳什子破功名! 我的心叫功绩和利禄给熏了,反倒忘了父亲的教诲,忘了要怎么做人哇!(伤心到捶胸口)

(一阵强光闪过)

第四幕　思惘人终破思惘境,忠孝子彻悟忠孝义

疯癫道人　(溜溜达达)少将军,又见面了?(用手中破扇拍打岳云肩膀)看你这副模样,想必此番游历已解了你心中困惑!

岳云　(对疯癫道人能够看到他,并能同他说话十分惊异,作揖行礼)不知道长何方神圣,还恕晚辈眼拙,失礼了。

疯癫道人　(用破扇压下岳云行礼的手)唉,不打紧,不打紧。你我也算是有缘人。既然心魔已解,你为何还留在此处?

岳云　(嗫嚅)我……我不知还有何脸面去见父亲……

疯癫道人　(摇着破扇,边走边笑)哈哈,你且去吧! 你且去吧!

岳云　(见道士要走,急忙跟上去)道长! 晚辈愚钝,还请道长……

旁白　话说早些时候,岳飞在中军帐中正处理事务,一抬头便看见张宪急匆匆进来,报告岳云旧伤复发、昏睡不醒一事。岳飞面上不动声色,内里却已是心急如焚,吩咐好下属便立刻同张宪赶往岳云帐内。

张宪 (跟在岳飞身侧，观察岳飞脸色) 鹏举，一会儿见了你儿子，可要小心说话，别再端着你那破架子了。你对他本就十分严苛，他年纪尚小，又心高气傲，难免胸中积怨。他那伤分明早就好了，今日却突然发作。听军医说，他是急火攻心，才导致旧伤复发。

岳飞 (停下脚步，面色阴沉) 他跟在你身边多久了？

张宪 自他十二岁从军，到如今已有四年。

岳飞 四年！他从前年纪小、不懂事，过了四年还不懂吗？(一甩袖子，大步快走，掀开岳云军帐)

张宪 (紧随其后) 你又不是不知道，他最敬仰你这个父亲，最想像你这般建功立业。他从军几年，你明知他战功赫赫却从未报功。你说……

旁白 却说岳云在迷境中追着疯癫道人，忽远忽近，堪堪摸到道人衣角，却不留神脚下一空，便坠入黢黑深渊。再睁眼，已然身在熟悉的军帐。岳云虽醒，精神却不大清明，仍是迷迷蒙蒙的，嘴里还喃喃念着"父亲""报国"之类的。他正胡乱说着话，忽听得岳飞与张宪的声音，顿时清醒，唤人搀着要去见父亲。

岳云 (被人搀着慢慢挪至军帐前) 父亲，是您来看我吗？

岳飞 (上前搀着岳云) 云儿，你醒了。

岳云 父亲……

岳飞 云儿……

岳云 (欲跪下向父亲请罪) 父亲，是孩儿有错，请您责罚。

岳飞 (在岳云未跪下时便扶起他) 云儿，你身上的伤还未好，不要乱动，免得落下病根。

岳飞 你少年心气，渴望建功封赏我自然知道。"任子恩例"的恩荫给了别人，你心里自然不痛快。(说到激动处，向前走两步) 只是你要记住！我们岳家人，打仗从来不是为了什么金银财宝，什么高官厚禄！我们流血流汗、出生入死，是为了我们大宋的百姓能够安居乐业，人人都有家可回,不至于流离失所!"靖康耻,犹未雪。臣子恨,何时灭"呀!

岳云 (热泪盈眶)父亲,孩儿谨遵您的教诲! 永远追随您,为大宋,为大宋的百姓,尽忠报国!

岳飞与岳云 怒发冲冠,凭栏处、潇潇雨歇。抬望眼、仰天长啸,壮怀激烈。三十功名尘与土,八千里路云和月。莫等闲、白了少年头,空悲切。　靖康耻,犹未雪。臣子恨,何时灭! 驾长车,踏破贺兰山缺。壮志饥餐胡虏肉,笑谈渴饮匈奴血。待从头、收拾旧山河,朝天阙。

创作来源

清风·书画里的廉洁故事 ┃ 精忠报国(节选)
通辽市纪委监委

"精忠报国"四个字,原承自南宋抗金名将、英雄岳飞的母亲姚老夫人的家训"尽忠报国"。宋钦宗年间,金兵南侵,危急存亡之际,青年岳飞向母亲表达了上阵杀敌之意。出发前,岳母在他背上刺下"尽忠报国"四个大字,勉励他为国尽忠、以忠为孝。岳飞驰骋沙场近二十年,忠勇无畏,百战百胜,让金人闻风丧胆。在其收复六郡后,皇帝手书"精忠岳飞"字,制旗以赐之。从此,"尽忠报国"便成了"精忠报国"。"尽忠报国",是岳母教导岳飞的家训、家风;而"精忠报国",则是岳飞回馈中华民族的国训、国风。

创作感想

本则故事源于对"家风"二字的理解。家风是家庭世代相传的风气，于是在检索之后，我们锁定了岳家三代人的故事。

创作内容采用了时空交错的总体脉络。岳云所处的现实时空，串起岳家三代"平居洁廉，不殖财货"的廉洁风气；而"太虚幻境"则昭示着历代家风的传承模式。在创作时，我们尝试借用"太虚幻境"中"假亦真时真亦假"的感官体验，由疯癫道人引岳云入局，再由岳云带领观众在未知、已知与幻境中不断穿梭，逐渐拼凑出岳氏家风的全然模样：岳母的深明大义、岳飞的忠贞清廉，以及岳云在场景的变幻中逐渐明白父亲的良苦用心……直至最后岳飞与岳云一同吟诵《满江红》，将故事的情节与现场的氛围一同推向高潮。

故事虽在一方剧场中结束，我们却深信它会在每个人的心海中不断延续，因为家风就是靠着言传与身教的力量，在代际间得以传承。家风是家族的脉搏，也是民族的脉搏，更是所有出生在这片土地上的人的共同脉搏。正是如此，文明才能赓续，成为经由上下五千年历史变迁也无法磨灭的火种。

教师评价

谢谢这组同学给我们带来精忠报国的岳飞的故事！说起岳飞，我们一定会想起那句饱含爱国之情的"靖康耻，犹未雪。臣子恨，何时灭"。孙中山先生曾说："岳飞魂，是中华民族的精神代表，也就是民族魂。"精忠报国，非他一时兴起，这都源于其母亲良好的教导。第一幕"少将军怨怒无列功,疯癫道人引魂入虚境"、第二幕"岳飞尽忠赴沙场,岳母刺字嘱报国"、第三幕"隐功劳炼自律省身,让恩荫教正己自治"和第四幕"思惘人终破思惘境,忠孝子彻悟忠孝义",这组同学用真切的表演带大家走近岳飞,走进岳飞何以美名远扬的秘境。歌曲的力量是神奇的,一首《满江红》,故事情节立意与表演氛围瞬间升华。虽然剧场表演到此结束,但我相信岳飞以身示范的家风一直在传承,他精忠报国的志向也一直被我们延续。

梁晓凤　胡盼娜

《虎子彻悟忠孝义,少将传承报国志——岳飞家风故事》小组表演剧照

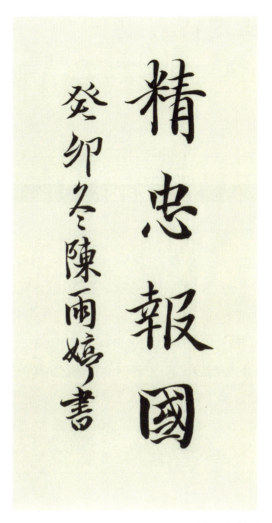

精忠報國

癸卯冬 陳雨婷書

陈雨婷作品

奉儒守官缀诗笔

——杜甫家风

王天天　徐乐楠 等

剧情梗概

受杜氏家族中"奉儒守官"的政治文化传统、"未坠素业"的家族责任感及贞观年间"以仁义为治"的时代精神的影响，杜甫继承了杜氏奉儒守官的家风。他在《进雕赋表》中说："自先君恕、预以降，奉儒守官，未坠素业。""奉儒"是家族崇儒的观念，"守官"则是家族成员投身仕途的传统。所以杜甫一生都在为实现这种"素业"而努力。而在这样的家风濡染下，杜甫也希望儿子宗文、宗武延续杜氏门风，不违仁，不忘本，践行儒家积极有为的人生观，著济世之文，行修齐治平之事。

剧情人物

杜预、少年杜甫、中年杜甫、晚年杜甫、妻子杨氏、老妪、吴郎、学生

第一幕 对话先祖，传承家风

旁白 杜氏家族以"奉儒守官"为政治文化传统，在"未坠素业"的家族责任感及贞观年间"以仁义为治"的时代精神影响下，杜甫继承了祖上杜预的家训，传承了奉儒守官的家风，在四十三岁时写下了《进雕赋表》。

（舞台左侧置书法作品《进雕赋表》，舞台右侧杜预与小杜甫背对背进行"对话"）

杜预 （手捧《春秋左氏经传集解》，语调低沉坚定，含教诲之意）吾大观群典，觉先儒所解《左传》未能穷究左丘明之意旨，遂错综微言，著《春秋左氏经传集解》，儒家之学实乃百姓、君王、家国之所需，需教之、诵之、传之。

旁白 少年杜甫在祖先杜预尊儒奉儒家训的影响下，秉承家族崇儒之风，渴望入仕为官以行儒家之道。

少年杜甫 吾当听先祖所遗之训，"不敢忘本，不敢违仁"，谨守儒学之家风，奉儒守官。今必发奋，入仕为官，以民为重，以仁为本，著诗以传世间。

旁白 杜甫的仕途并非一帆风顺。他一生科举先后两次落第，困居长安十年。后任右卫率府胄曹参军，同年安史之乱爆发。

（转场安史之乱，硝烟弥漫，战火背景音）

第二幕 战乱流离,感时伤怀

旁白 唐玄宗天宝十四年(755)十一月,节度使安禄山以奉密诏讨伐宰相杨国忠为由攻打大唐。叛军长驱南下,打败唐军,攻占洛阳,天宝十五年安禄山在洛阳称帝。右卫率府胄曹参军杜甫带着妻儿,流亡鄜州。

中年杜甫 (语调愤恨,瞪目、咬牙切齿)安禄山这厮,狼子野心,人尽皆知!(语调放缓,眼神沉痛忧虑)陛下终究还是被他温顺的表面所骗。

妻子杨氏 (安慰杜甫,语调平缓)我大唐人才济济,定能平定叛军,匡扶正道。

中年杜甫 (语调沉重忧虑)中原动荡,生灵涂炭!(沉痛的语气)可气可叹啊!(愤怒之情)

旁白 天宝十五年六月,唐玄宗带着杨贵妃、太子李亨以及宰相杨国忠等人逃亡西蜀,太子乘机杀掉杨国忠,逼迫玄宗退位,史称马嵬驿兵变。(换号角,有登基等背景音,渲染希望)此后唐玄宗与李亨在马嵬驿分道,玄宗向南赴四川,李亨向北收拾残兵。不久之后,李亨就在灵武自行宣布即帝位,是为唐肃宗,遥尊玄宗为太上皇。

中年杜甫 (双手自然垂落于腹部,目光充满希望,语调高昂,暗含喜悦之情)天佑大唐,新皇登基,中兴有望,嘿呀!(转单手置于腹前,转身面向妻子)

妻子杨氏 (递行囊)外面兵荒马乱,切记一切小心啊!

中年杜甫 多谢夫人,孩子们就辛苦你了!(嘱托后,背上行囊,往前走到底)

妻子杨氏 (望着杜甫,眼神饱含关心,双手紧握于胸前)

(妻子杨氏下)

旁白 然而,杜甫并没有见到唐肃宗,因为他一出城便被叛军掳到了长安,但因为官小,他没有被囚禁。沦落长安的日子里,他看着残垣断壁的长安、饥饿困苦的百姓,悲伤不能自已,写下了那首著名的《春望》。

中年杜甫 (从台侧走出来,背着行囊,擦汗)国破山河在,城春草木深。感时花溅泪,恨别鸟惊心。烽火连三月,家书抵万金。白头搔更短,浑欲不胜簪。

第三幕 三吏三别,心忧黎庶

旁白 唐肃宗乾元元年(758),为平息安史之乱,郭子仪、李光弼等九位节度使,率兵二十万围攻安禄山之子安庆绪所占的邺城,胜利在望。但在第二年春天,史思明派来援军,加之唐军内部矛盾重重,两军陷入苦战。杜甫也在这时探亲回来,在途中目睹了兵荒马乱的情形。经过新安、石壕、潼关之时,更是体味到老翁老妪、征夫怨妇在官吏残酷驱使下无处申诉的痛苦。

中年杜甫 (右侧上台,佝偻着背,环顾四周,发出心底的呐喊)寂寞天宝后,园庐但蒿藜。我里百余家,世乱各东西。存者无消息,死者为尘泥。
(台左侧,老妪佝偻着背走,怀中书信掉地上,杜甫捡书信,扶老妇,老妇摊开书信又颤抖着合上,老妇准备下场。)

中年杜甫 (温柔)老人家,到哪里去?

老妪 (颤抖着声音)回家……(右侧下场)

中年杜甫 (往左走,眼含泪光)暮投石壕村,有吏夜捉人。吏呼一何怒!妇啼一何苦！……存者且偷生，死者长已矣。

（台左侧同步书法）

第四幕 西南漂泊，悲世悯人

旁白 "诗是吾家事，人传世上情"，杜甫一生勤缀诗笔，心系天下黎民。乱世之下，他悲世悯人，感时伤怀，晚年杜甫四处漂泊，于唐代宗大历二年（767），漂泊至夔州，住瀼西草堂。一寡妇无儿无食，常来堂前打枣，后杜甫将草堂让给亲戚吴郎居住，吴郎筑篱以阻碍老妇打枣。

吴郎 （感叹）杜兄啊杜兄，在下感谢你！

吴郎 （抱拳作揖）你把这么好的草堂让给我。

（中年杜甫拍拍吴郎肩膀）

（吴郎送走杜甫后，突然听到打枣声，回头）

（老妇正在打枣）

吴郎 （生气）你这人怎么这样啊?！ 这样可是犯法的！

吴郎 （随后拿出大唐律法清嗓子念）根据大唐律法第十三条，任何未经主人同意顺走他人物品的行为，视为偷窃！

（老妇跑开，留下工具和枣）

吴郎 哎，你别跑，你回来！（开始筑篱）

吴郎 看你还怎么打枣！

（老妇走上台，拿着工具，看到筑好的篱，工具落地）

（老妇在台上走啊走，走到杜甫新居，跪于门口，哭泣）

中年杜甫 (大惊失色)老人家,您这是干什么? 出了什么事?(把老妇拉起)

老妇 (继续大哭,不起)他筑起了篱笆,不让我打枣……

中年杜甫 (沉思)老人家,我知道了,您快起来,我会和他说明情况的。

(老妇又惊又喜,又要磕头)

中年杜甫 别,老人家,您快回去休息吧!(目送老妇远去)

旁白 杜甫知道后写下《又呈吴郎》,为老妇说情。

(台左侧)杜甫摊开纸,写《又呈吴郎》。

中年杜甫 (低头沉吟)"已诉征求贫到骨,正思戎马泪盈巾",嗯,我想他会明白的。

旁白 杜甫曾游历天下、饱览山河,心中却始终不忘先祖传下的"奉儒守官"家训,践行着"穷则独善其身,达则兼济天下"的理念。他虽一辈子未曾显达,却从未忘记那些还不如他的人,一直心系天下、悲世悯人,可谓真儒!

第五幕 穿越时空,古今对话

旁白 晚年杜甫百病缠身,却依旧存济世之心,于唐代宗大历五年(770)春写下《风疾舟中伏枕书怀三十六韵奉呈湖南亲友》。

老年杜甫 公孙仍恃险,侯景未生擒。书信中原阔,干戈北斗深。畏人千里井,问俗九州箴。战血流依旧,军声动至今。

旁白 这首诗是杜甫的绝笔,连年的颠沛贫穷以及疾病,早已将他折磨得奄奄一息,但是他始终挂念着他的大唐以及那些受苦受难的百姓。

旁白 (停顿、哀痛)大历五年冬,诗圣杜甫,带着他未曾实现的理想,病逝在湘江上的一条小船上。

(配乐起)

学生 风急天高猿啸哀,渚清沙白鸟飞回。

学生 烽火连三月,家书抵万金。

老年杜甫 (疑惑)你们是?

学生 正是江南好风景,落花时节又逢君。

杜甫 (欣喜)你们还记得我的诗?

学生 您的诗让我们看见了一个真实的大唐。

老年杜甫 (欣喜加激动)你们看见了?

学生 是的,您让我们看见了"致君尧舜上,再使风俗淳"的政治理想。

学生 是的,您让我们看见了"为天地立心,为生民立命"的坚守。

学生 那是一颗仁爱之心。

老年杜甫 (抬头望天,欣慰)

(背景音乐《天地之中是吾乡》)

创作来源

进雕赋表（节选）
[唐]杜甫

　　自先君恕、预以降，奉儒守官，未坠素业矣。亡祖故尚书膳部员外郎先臣审言，修文于中宗之朝，高视于藏书之府，故天下学士，到于今而师之。臣幸赖先臣绪业，自七岁缀诗笔，向四十载矣，约千有余篇。

译文

　　自先祖杜恕、杜预之后，信守儒教，世代为官，先世遗业未衰。已故祖父尚书膳部员外郎，先臣审言，于中宗朝任修文馆直学士，傲视藏书之府。因此天下学子，到如今还以他为师。臣幸赖先臣遗业，自七岁开始写诗，近四十年来，约有千余篇。

春望
[唐]杜甫

　　国破山河在，城春草木深。感时花溅泪，恨别鸟惊心。烽火连三月，家书抵万金。白头搔更短，浑欲不胜簪。

译文

长安沦陷,国家破碎,只有山河依旧;春天来了,人烟稀少的长安城里草木茂密。感伤国事,不禁涕泪四溅,鸟鸣惊心,徒增离愁别恨。连绵的战火已经延续了半年多,家书难得,一封抵得上万两黄金。愁绪缠绕,搔头思考,白发越搔越短,简直要不能插簪了。

茅屋为秋风所破歌(节选)

[唐]杜甫

安得广厦千万间,大庇天下寒士俱欢颜,风雨不动安如山。鸣呼!何时眼前突兀见此屋,吾庐独破受冻死亦足!

译文

如何能得到千万间宽敞高大的房子,普遍地庇护天下间贫寒的读书人,让他们开颜欢笑,房子在风雨中也不会动摇,安稳得像是山一样?唉!什么时候眼前出现这样高耸的房屋,到那时即使我的茅屋被秋风所吹破,我自己受冻而死也心甘情愿!

石壕吏

[唐]杜甫

暮投石壕村,有吏夜捉人。老翁逾墙走,老妇出门看。吏呼一何怒!妇啼一何苦! 听妇前致词:三男邺城戍。一男附书至,二男新战死。存者且偷生,死者长已矣!室中更无人,惟有乳下孙。有孙母未去,出入无完裙。老妪力虽衰,请从吏夜归。急应河阳役,犹得备晨炊。夜久语声绝,如闻泣幽咽。天明登前途,独与老翁别。

译文

傍晚投宿于石壕村,在夜里有官吏来捉人。老翁翻墙逃走,老妇走出去应对。官吏喊叫的声音是那样凶,老妇啼哭的情形是那样凄苦。我听到老妇上前说:"我三个儿子都服役去参加邺城之战。其中一个儿子托人捎了信回来,另外两个最近刚战死了。活着的人暂且偷生,死去的人永远逝去。家中再也没有什么人丁了,只有个吃奶的小孙子。因为有小孙子,所以儿媳妇没有离开这个家,但进进出出没有一条完好的裙子。老妇我虽然身体衰弱,请允许我跟从您去。赶紧应付河阳需要的劳役,现在还赶得上做早饭。"入夜说话的声音也已经消失了,但好像听到低声哭泣抽咽。天亮后我继续赶前面的路程,只能与逃走回来的老翁告别。

又呈吴郎

[唐]杜甫

堂前扑枣任西邻,无食无儿一妇人。不为困穷宁有此? 只缘恐惧转须亲。即防远客虽多事,便插疏篱却甚真。已诉征求贫到骨,正思戎马泪盈巾。

译文

我任由西面的邻居在草堂前打枣,因为她是一个没有饭吃又没有儿子的妇人。不是因为穷困,怎么会有这样的事情呢? 只因为怕她恐惧,对她的态度更要亲善。妇人防着你这个远客,虽然多此一举,但您来了就插上稀疏的篱笆却好像太认真了。贫困的妇人已经对我诉说了因为赋税征收她已一贫如洗,我由此联想到战乱带给百姓的灾难而泪流满面。

创作感想

提及杜甫,我们会不约而同地想到诗圣胸怀天下、忧国忧民的情怀。这样一位伟大的爱国诗人的诞生离不开良好的家风。家风是一个家庭、家族乃至民族生生不息的动力源泉。在这次剧本创作过程中,我们不仅对大诗人杜甫历经坎坷的一生有了更深的认识,更通过对他的家庭以及家风的挖掘,见识到了一位以天下为己任、忧国忧民的仁者。我们借助冯至先生的《杜甫传》对杜甫的一生进行了简要的梳理。他既有"会当凌绝顶,一览众山小"的豪情壮志和"致君尧舜上,再使风俗淳"的政治理想,又有"为天地立心,为生民立命"的仁爱之心,还有"诗是吾家事,人传世上情"的诗歌传承。可以说,杜甫的一生是颠沛流离,见证时代兴衰的一生,是胸怀天下,践行奉儒守官的家风的一生,亦是且歌且行,且吟且诵,足以为后人称道的一生!

教师评价

我们常说一个人的生长环境对其发展有着极大的影响,杜甫生于一个自古便有"奉儒守官"家风的知识分子家庭,那么,我们猜测,他的一生必定会与"奉儒守官"相连。但环境只是个人成长的条件之一,杜甫能够坚决地践行"奉儒守官"的政治理念,是因为他有植根于内心深处的人生价值观念。历史原因导致他的政治理想始终没有实现,庆幸的是他奉行的积极入世的人生观使得他成为一个自信的人。杜甫晚年百病缠身,却仍存济世之心。同学们,想象一下当你深陷困境时,你是否还会想着怎么帮助别人过得更好呢?可见,杜甫的乐观济世之心实在难得。

梁晓凤　池唯嘉

《奉儒守官缀诗笔——杜甫家风》小组表演剧照

陈雨婷作品

清正仁厚传家久,进德立功济世长

章方欣　徐乐楠

剧情梗概

张鹏翮从二十岁入仕到登上相位,他在为官五十余年间,生活简朴,体恤百姓,为人和善,严谨洁己,刚正不阿,深受康熙和雍正信任,名满天下,为世人称颂。本剧以张鹏翮为主要人物,融合经典古文《爱莲说》,通过张鹏翮的部分经历以及其与子张懋诚的对话,体现廉洁文化——廉不仅是个人安身立命的美好品质,更是中华优秀传统文化的传承。

剧情人物

百姓甲、百姓乙、百姓丙、小厮、张鹏翮、张懋诚

第一幕 纨绔郎舞弊成举人，张学政整风正学气

（放榜日，百姓挤在榜文前）

百姓甲 太好了，我的儿子终于上榜了！

百姓乙 恭喜恭喜！

百姓丙 我听说，三年前那次科考中，竟有两个不学无术的富豪之子成了
举人，据说是因为买通了当时的考官。

百姓乙 我也听说了，这两人似乎叫吴泌和程光奎——他们为了让考官认
出他们的文章，还在上面写了"其实有"三个字作为标记，他们摆
明了是想暗示后面还有两个字——"猫腻"！

百姓甲 你不要命了？ 这种事情也敢摆到明面上说！ 小心以后……

百姓丙 这有什么，他们因为舞弊，已经自顾不暇了，你是不知道，这事儿
能水落石出，多亏了新来的张学政。听说啊，张学政为了考验这
两位纨绔子弟是否真的会读书，叫吴泌背《三字经》，叫程光奎写
《百家姓》。结果前者连"人之初，性本善"都背不下来，后者默写
"赵钱孙李"，竟然只会写"钱"字……

百姓乙 这个我也知道！ 有些考生拿着京城权贵的推荐信，想要学政在科
考时给点便利，但慑于张学政的正气，这些人在学政衙署前徘徊
了很久，最终还是不敢将推荐信投给他。

百姓甲 张学政？ 莫非说的是张鹏翮张大人？

第二幕 重修家书，传承家训

（张鹏翮坐在桌前写字，小厮站在一旁，后面挂着牌匾"怀冰雪堂"）

小厮 大人此次下江南，秉公主持科考，选拔了许多有识之士，皇上也称赞您"非常清操，甚敬重"呢！

张鹏翮 懋勤顾问，知遇崇隆；清正仁厚，进德立功。

小厮 大人清风素节，终身一茧衾；食无兼味，亦无田庐，令人钦佩。

张鹏翮 古有"周公得禾，孔子受鲤"，当今圣上对我如此重视，我必将履职尽责、不避权贵、不辱众望。

（敲门声）

张鹏翮 请进。

（张鹏翮长子张懋诚入）

张懋诚 父亲，您叫我来有何吩咐？

张鹏翮 张氏旧牒无稽，之前让你修整族谱一事进行得怎么样了？

张懋诚 回父亲，您深切希望子孙后代能够清操自守、谨修德行、建功立业，所以以"懋勤顾问，知遇崇隆；清正仁厚，进德立功"十六字，定为张氏子孙命名的行辈字派。诸如此类教诲，都已全部补录。

张鹏翮 "使子孙知吾家之所自始，让后代存孝悌之心，行仁义之事，出为忠臣，处为端人，为士者诗书，为农者勤俭，使称为清白吏子孙。"这些便是为父令你修整族谱的目的。

张懋诚 是，谨记父亲教诲。

第三幕 游园诵文

（张懋诚漫步于竹林间，手中拿着父亲临死前口述的《家规辑要》）

张懋诚 治家务须屏除恶习，力于勤俭，家长须重视身教，不得妄言妄行；宗子主祭，为族人仪表，须仁恕宅心、礼让接物，使上下悦服。

张鹏翮 （走出接上）修身要存孝悌之心，行仁义之事，出为忠臣，处为端人；不得以贿败官，贻辱祖宗。忠臣必廉，而廉者必忠；奸臣必贪，而贪者必奸。凡我子孙，务须屏除恶习，力于勤俭。

张懋诚 我承父亲遗志，务须屏除恶习，力于勤俭。

旁白 "懋勤顾问，知遇崇隆；清正仁厚，进德立功。"这既是一种期望，又是一种家族烙印，将清廉家风注入张氏子孙的血脉之中代代传承。

旁白 张鹏翮死后，其子张懋诚历任奉天辽阳知州、通政使司通政使，被赞"性忠直，有气节"。其孙张勤望历任宁国府知府、山东登州府知府，时人称誉"所至卓有循声，无愧贤良"。玄孙张问陶，诗画造诣极高，与袁枚、赵翼合称清代"性灵派三大家"，被誉为清代"蜀中诗人之冠"。张氏家族以科举起家，二百余年保持门第不坠，很大程度上得益于其始终秉持清风素节、忠孝仁义的家风。

旁白 著名文学家彭端淑赞誉："公自弱冠入仕及为相，凡五十余年，名满天下，主上不疑，同官不忌，考诸史册，往往难之。"张鹏翮作为廉洁理念的践行者，为张氏家族赢得了崇高的声望，为张氏后人树立了光辉的榜样。

创作来源

家规辑要（节选）

[清] 张鹏翮

治家务须屏除恶习，力于勤俭，家长须重视身教，不得妄言妄行；宗子主祭，为族人仪表，须仁恕宅心、礼让接物，使上下悦服。修身要存孝悌之心，行仁义之事，出为忠臣，处为端人；不得以贿败官，贻辱祖宗。忠臣必廉，而廉者必忠；奸臣必贪，而贪者必奸。凡我子孙，务须屏除恶习，力于勤俭。

译文

处理家中事务必须摒弃不良的习惯，力求勤俭，家长要以身作则，谨言慎行；家族里的核心人士，更要作为族人的表率，宽厚仁慈，以礼待人，使得家族上下心悦诚服。修身要孝敬父母、友爱兄弟，做事要宽厚正直，为官要忠心为国，为人要正直不阿；做官的不得行贿受贿，败坏声誉德行，使祖宗蒙羞。忠臣一定是廉洁的，廉洁的人也一定忠于国家；奸臣是贪婪的，贪婪的人也必定是奸诈的。凡是我的子孙，必须杜绝一切恶劣行为和习惯，致力于勤奋和节俭。

功废于贪,行成于廉

宋佳媛　徐乐楠 等

剧情梗概

"功废于贪,行成于廉"是三苏廉洁文化的主题,"读书正业、孝慈仁爱、非义不取、为政清廉"是三苏家风的精髓,本剧通过讲述苏母教导苏轼三兄妹及苏轼为官一心为民的故事,旨在描绘苏氏一脉代代相传的优良家风。

剧情人物

苏母、幼年苏轼、皇帝、王安石、大臣1、大臣2、成年苏轼、导游、丫鬟1、丫鬟2、友人、小厮、奴仆、王老五、村民1、村民2、司法官等

第一幕 忠言直谏即为孝

苏母 范滂是东汉名士,因忠言直谏反对宦官集团而遭到陷害。与母亲诀别时,他因不能尽孝而遗憾。他的母亲却对他说:"你现在能够与李膺、杜密齐名,便是最大的尽孝了!"

幼年苏轼 (沉思)若我做像范滂一样的人,母亲会同意吗?

苏母 你若能做范滂,我难道就不能做范滂的母亲吗? 我自然会同意的!

旁白 后来,苏轼确实成为像范滂一样直谏的人。

皇帝 诸位爱卿,今遭饥荒,有何良策?

王安石 (作揖)启奏陛下,前之常平法,粮价低时以稍高价格购入;粮价高时,则将储粮以稍低价卖给百姓,官民皆获益。虽然也不错,但常平仓数量有限,难以辐射到乡下村镇。现臣有"青苗法",或可补足"常平法"之缺憾。

皇帝 (伸手示意)爱卿请讲!

王安石 (直起身)臣以为可灵活运用常平仓、广惠仓与义仓,一半折换现钱,一半续存,根据户口登记为百姓提供借贷,钱粮皆可。每年待粮食收获之后,百姓再行归还。这样,那些平民百姓在青黄不接之时可获官府帮助,官府亦可收取一定的利息。

皇帝 真乃妙策! 诸位爱卿以为如何?

大臣1 妙策啊,妙策!

大臣2 陛下,王大人所言极是啊!

成年苏轼 启奏陛下,臣以为此法甚是荒谬! 青苗时放债,自古禁止! 现在居然要将其立为法令,虽说不强迫百姓借贷交息,但是若有贪官污吏乘机渔利、中饱私囊,又岂能如王大人所想?

皇帝 朕意已决,苏爱卿不必多言。"青苗法"就由王参政主持执行吧。

王安石 (作揖)谢皇上恩典!

旁白 果然,"青苗法"实施不久之后,各府各路的官员们,为了邀功请赏,彰显自己出色的业务能力,就开始利用手中的职权,强行让百姓借贷。他们为了完成业绩,往往都会提前收取本息。在粮食还没有成熟的时候,就派人去农户家里要钱,可穷苦的百姓哪里有钱偿还?他们想方设法地让百姓多花钱,最终这部分钱流入他们自己的口袋中。苏轼听闻此事,痛心不已。

导游 除了忠言直谏,苏母还教导苏轼要成为一个清廉的人,瞧,苏家老宅的庭院里就发生了这样一件事。

第二幕 虽一毫而莫取

丫鬟1 (双脚陷进泥土里,惊讶)哎呀!

丫鬟2 怎么了姐姐?

丫鬟1 嘿!我的脚陷进去了!脚底下好像有个罐子。

丫鬟2 看样子,这个罐子里应该有不少东西吧!姐姐,你这一脚可真了不得!我们还是上报给夫人吧!

(丫鬟们拿着罐子找夫人去了)

丫鬟1 夫人,今日我在庭院打扫,差点被这罐子绊倒。这罐子像是祖上传下来的,里头想必有不少金银珠宝!

丫鬟2 是呀是呀!夫人你看这罐子的纹路,料想有点年头了,里面定有些好东西！

幼年苏轼 母亲，这罐子里头会有宝贝吗？

苏母 子瞻，这罐子是前人埋下的，它不属于我们家，我们不能独占它，还是把它放回去吧。孩子们，我们一起把它重新埋起来吧！

苏轼三兄妹 好的母亲！

（兄弟二人、苏小妹拿着罐子到庭院，一起埋罐子）

苏母 孩子们，不属于我们的东西，一分一毫也不能私自拿走，知道了吗？

苏轼三兄妹 知道了，母亲！

导游 虽然只是一件微不足道的小事，但母亲的言传身教给了年幼的兄妹三人深刻的影响，苏轼后来创作的《赤壁赋》中的"且夫天地之间，物各有主，苟非吾之所有，虽一毫而莫取"也恰好体现了这一点。这种"非吾所有，一毫莫取"的精神在苏轼兄弟长大后的仕途中也发挥着重要的作用，时刻提醒着他们为官清廉、切莫贪污。让我们坐上时空穿梭机，去京城苏家看看吧！

（苏轼在家中休息，有人敲响了房门，家中小厮开门一看，是苏轼的一位友人）

小厮 先生有何贵干？

友人 我来找你家苏大人一叙，他在家吗？

小厮 我家大人在家，先生请进。

（小厮把友人引入前厅，并去通知苏轼，苏轼进入前厅）

成年苏轼 仁兄近来可好？

友人 谢谢关爱，一切皆好。苏兄，这次来是想给你送个小礼物，希望苏兄一定要收下。

（友人拿出准备好的黄金五两和白银一百五十两）

成年苏轼 这礼物如此之贵重，在下是万万不敢收的，还请仁兄拿回去吧。

友人 苏兄客气了，这只是朋友之间的一点小礼物，无关其他，苏兄尽管收下。

成年苏轼 仁兄还是拿回去吧,我真的不能收。不过,兄弟你手里有闲钱的话,不妨做一些善事。

友人 哦?如何做善事?

成年苏轼 我在杭州任知府时,曾开办病坊,名为"安乐坊",聘请名医为百姓看诊治病,三年时间虽只医救了几千人,但也算为百姓做了一点好事。兄弟若是愿意,可以将这些钱捐献给安乐坊,也算是行善积德了。

友人 既然如此,那苏兄便帮兄弟捐了这些钱吧。

旁白 最后苏轼以友人之名,将钱捐给了杭州安乐坊,身体力行了"廉洁、廉善、廉正"的人生宗旨。

导游 忠直清廉,是苏母在幼年苏轼的心中种下的一颗慈悲心,在苏府花园,就有这样一件事。

第三幕 佛家慈悲心

旁白 苏母教育子女不能见利忘义,要有仁人之心,怜爱万物,并下令禁止家中小孩和奴仆捕捉鸟雀。几年下来,家中鸟雀都在花木低枝上筑巢,人经过时,探头便能看到。她时常以身作则,教导苏小妹、苏轼两兄弟为人要仁爱宽厚,不可残害生灵,这对苏轼有很大影响。在她的教导下,苏轼也不喜杀生,就算在后来特别艰苦的贬谪生涯中,他还是不忍杀生作食。

(苏府花园,正值春季,鸟啼莺啼。受伤的小鸟坠落在地上)(丫鬟1捧起受伤的

小鸟)

幼年苏轼 (与玩伴从花园西边跑来,惊讶)怎么啦?

奴仆 少爷,这鸟怕是被那花狸子给咬了。(手指着伤处)

幼年苏轼 让我看看。(接过小鸟,试图止血无果)

丫鬟1 (无所谓地笑)哎呀,别救了,这鸟一看就快死了。还不如让我们拿

去烤了吃呢!

(苏轼有些犹疑,陷入迷茫)

苏母 (闻声而出,温和)老远就听见你们吵吵嚷嚷的,出什么事了?

幼年苏轼 (恭敬)母亲,我们发现了一只受伤的花雀,想着也救不活了,就

想……(欲言又止)

苏母 (蹙额)我曾教过你,为人要有宽厚仁爱之心,万物皆有灵气,我们应

当爱护,不可做残害生灵之事。虽是小事,但你以后也要记住!做

官也是如此,要爱护自己的子民,为百姓谋福祉。你们现在杀生,将

来又何以做爱护百姓的父母官呢?

幼年苏轼 (有些羞愧)孩儿知道错了,母亲。

丫鬟1 (羞愧地低下了头)知道了,夫人。

苏母 (接过那只小鸟,转身)我房里有些上好的金创药,应当能把它的翅膀

治好,一起回屋吧。

幼年苏轼 (惊喜,雀跃)是,母亲!

旁白 这年苏轼在钱塘任太守。一天,他路过农户王老五家门前。只见王

老五与妻子正抓着一只鹅,准备动手杀。

(场景转至钱塘江沿岸十里湖埠农户王老五家门前)

成年苏轼 (走过去)你们为何要杀掉它?

王老五 你这人好生奇怪,养鹅不就是拿来吃的吗? 鹅肉多香啊!

成年苏轼 这只鹅我买了,你帮我养着,等生出蛋来,你帮我再孵小鹅。

(从袋里摸出钱来,交给王老五)

(王老五看着明晃晃的钱财,又见对方是一位有点面熟的客官,左右为难)

(篱笆外来了一帮看热闹的村民,里里外外围了一大圈)

村民1 (认出了苏轼)老五,他是苏太守呀,你就答应了吧!

王老五 (跪到地上叩头)(连连说)小人不知,太守恕罪!

成年苏轼 (扶起跪在地上的王老五,看看村民)乡亲们,前些日子我接到一些诉状,说是你们这里夜间有窃贼出没,要我派衙役来抓贼,这鹅可是个抓贼的好帮手呢!

村民1 啊? 鹅还能抓贼?

村民2 没听过,真稀奇! 太守莫不是糊涂了?

成年苏轼 大家不妨试试看。家里养群鹅,晚上窃贼一来,鹅就冲天长叫,这不是给你们报警了吗? 如此这般,盗贼哪里还敢来? 再说,鹅粪是上等肥料,撒在田野上,连蛇也怕它三分,避而远之。所以呀,只要家里养鹅,蛇就不敢进门来!

村民1、2 (恍然大悟,连连点头) 是! 是!

成年苏轼 今天我在此刀下留鹅,是希望这只鹅能多生蛋,用这蛋再孵出小鹅。小鹅就能送给乡亲们,让十里湖埠家家户户都养上鹅!

旁白 苏轼回到府衙,连夜起草了一份劝农养鹅的告示。衙役将布告一贴出去,一传十、十传百。钱塘县十里百乡的村民,深深被苏太守关心农户之情感动。一时间,乡里养鹅蔚然成风。

几个月后,他再次来到湖埠,看到水塘里浮游的只只白鹅,苏轼看在眼里,乐在心里。

(场景转至十里湖埠,农户王老五家门前)

王老五 (急不可待地)太守大人,我听了你的话,把鹅蛋都孵了小鹅,分给十里八乡的农家来养。现在村里家家户户养起了鹅,不但窃贼不敢来,而且连蛇也不敢进家门了。

成年苏轼 (高兴地笑了)做得好!

导游 无独有偶，熙宁年间，苏轼在徐州做太守，也有一场狗肉之争。

成年苏轼 （看见狗肉上席，不高兴，诘问司法官）为什么桌上有狗肉啊？

司法官 太守，法律没禁止杀狗啊！《礼记》说"烹狗于东方，乃不禁"呢，吃吧吃吧。

成年苏轼 （反驳）《礼记》有云："宾客之牛角尺。"大宋朝就该开戒杀牛？孔子曾说："敝帷不弃，为埋马也。敝盖不弃，为埋狗也。"死狗都有这样的待遇，难道我们忍心杀狗吗？

旁白 看见暴露的尸骨，苏轼总是哀痛不已，将之掩埋。在徐州、惠州他都作有祭枯骨文，见枯骨始终掩埋之，且哀悼之。非仁者不能为此也。苏轼与夫人王弗、王闰之等人都有放生之举。放生是苏家的传统，苏母在这个薪火相传的过程中承前启后，成为苏家不可或缺的人物。

导游 今天的游览之旅就结束啦！相信苏母的故事给大家留下了很深的印象，请大家带好随身物品，我们要踏上回程的路咯。

（音乐转场，三个故事，三角或平行排列，重复经典场景）

旁白 苏母教导苏轼、苏辙，奋厉有当世志，君子爱财，取之有道，要有仁爱之心。"生而志节不群，好读书，通古今，知其治乱得失之故"，这是苏辙在《坟院记》中对苏母的评价。经商理财显示了苏母超凡的天赋，志节不群更能标示她卓然的气度。最后，苏母因苏小妹的逝世、苏家与程家的决裂郁郁而亡，而苏母在世时对苏轼、苏辙的言传身教，对苏门清正廉洁风气的维护，正是兄弟成才的基础，家风延续的保证。

苏母 孩子们最终成才，我也能含笑九泉了。我苏门程氏，不枉来这世间一趟。

（音乐起，苏母转身，一步步走向远处）

旁白 正所谓三杰一门，前无古后无今；器识文章，浩如江河行大地。苏门程氏贤良慈爱、温和亲厚,如涓涓细流般润泽着苏家父子的才思。苏氏一门的家风家训正如这清波,汇成时空的河流,流注于历史的长河之中,影响着一代又一代的人。

创作来源

宋史·列传第九十七(节选)

[元]脱脱、阿鲁图

苏轼字子瞻,眉州眉山人。生十年,父洵游学四方,母程氏亲授以书,闻古今成败,辄能语其要。程氏读东汉范滂传,慨然太息,轼请曰:"轼若为滂,母许之否乎?"程氏曰:"汝能为滂,吾顾不能为滂母邪?"

…………

时安石创行新法,轼上书论其不便,曰:"臣之所欲言者,三言而已。愿陛下结人心,厚风俗,存纪纲。人主之所恃者人心而已,如木之有根,灯之有膏,鱼之有水,农夫之有田,商贾之有财。失之则亡,此理之必然也。自古及今,未有和易同众而不安,刚果自用而不危者。陛下亦知人心之不悦矣。……计愿请之户,必皆孤贫不济之人,鞭挞已急,则继之逃亡,不还,则均及邻保,势有必至,异日天下恨之,国史记之,曰'青苗钱自陛下始',岂不惜哉!且常平之法,可谓至矣。今欲变为青苗,坏彼成此,所丧逾多,亏官害民,虽悔何及!"

译文

苏轼，字子瞻，眉州眉山（今四川省眉山市）人。苏轼十岁时，他的父亲苏洵外出四处游学，母亲程氏亲自教授苏轼读书。听到古今历史上的成败往事，就一语说中其要旨。程氏在读到《范滂传》时，不禁感慨叹息。苏轼问母亲："如果我将来做范滂（东汉人，字孟博，少年时便怀澄清天下之志）那样的人，母亲是否允许呢？"程氏说："你能够做范滂那样的人，我难道就不能成为范滂母亲那样的人吗？"

…………

王安石开始颁行新法的时候，苏轼上书论新法不便，说："我想说的，三句话而已。希望陛下凝聚人心，敦厚风俗，保存纲纪。皇帝可以凭借的就是人心而已，好比树木有根，灯有油，鱼有水，农夫有田，商贾有财。失去这些东西就会败亡，这是必然的道理。从古到今，没有谦和平易与众人相同而不安定的，刚愎自用、自以为是而不危险的。陛下也知道现在人心是不快乐的……估计愿意请求借贷青苗钱的农户，必然都是孤苦贫穷没有接济的人，鞭挞催迫他们急了之后，他们接着就要逃亡，这些人不还青苗钱，就由邻居互保户均摊，这种情况必然会来到，他日天下百姓痛恨青苗法，国史记载这件事，说'青苗钱从陛下开始'，难道不可惜！况且常平法可以说非常完善了，现在却要改为青苗法，坏彼成此，所丧失的会更多，亏了官家害了百姓，即使后悔又怎么来得及！"

记先夫人不发宿藏

[宋]苏轼

　　先夫人僦居于纱縠行。一日，二婢子熨帛，足陷地。视之，深数尺，有一瓮，覆以乌木板。夫人命以土塞之，瓮中有物，如人咳声，凡一年而已。人以为有宿藏物，欲出也。夫人之侄之问闻之，欲发焉，会吾迁居，之问遂僦此宅，掘丈余，不见瓮所在。其后吾官于岐下，所居古柳下，雪，方尺不积雪，晴，地坟起数寸。吾疑是古人藏丹药处，欲发之。亡妻崇德君曰："使先姑在必不发也。"吾愧而止。

译文

　　我去世的老母亲在眉山的纱縠行租房居住时，一天，两个婢女熨衣物，脚陷入地中，往下探看，洞深数尺，有一个瓮，用乌木板盖着。夫人让人用土填塞洞穴。瓮中有东西，拍打像人的咳声，这件事过去有一年。人们认为是前人埋藏的东西，想挖出来。夫人的侄子之问听说了，想把它挖出来，正好我搬走了，之问就租下了这个房子，挖了一丈多深，没有见到瓮。之后我到岐下就职，住所的古柳下，下雪时，有一尺见方的地方不积雪，天晴后，那块地上鼓起数寸。我猜想这是古人埋藏丹药的地方，想挖开看看。我的亡妻崇德君说："如果婆婆还活着，肯定不会挖开。"我惭愧地打消了这个念头。

创作感想

　　教育出优秀的孩子,是父母最大的心愿,也是父母不断探索的课题。父母的言行往往对孩子有很大影响。苏轼作为一代文学大家,其良好的家风家训向来为人称道,其中离不开他母亲程氏的谆谆教诲。在苏洵努力读书及出外游学期间,程氏不仅兼主内外,而且亲自教育苏轼和苏辙兄弟。正是因为程夫人在少年苏轼的心中种下了就算付出生命的代价也要忠言直谏的种子,苏轼在为官时才会敢于谏言,指出王安石颁布的青苗法若是不能被很好地执行,则恐成祸端。也是受程夫人言传身教的影响,苏轼对生命有无限敬畏之心,以仁心待万物,即使在艰苦的贬谪生涯中,也不忘劝导百姓爱护家禽。苏轼的仁心不仅施与活物,也常施与尸骨。在徐州、惠州,苏轼都作有祭枯骨文,对暴露的尸骨哀痛不已。苏轼的这种仁心也通过自己与夫人的践行不断传承下去,成为苏家的传统。良好的家风和父母的榜样作用是个人品质和三观养成的基础,是指引下一代不断前进的精神力量。程氏最终引导两个儿子成为我国文学史上一双璀璨的明星,成为国家之栋梁,成就了一段佳话。

教师评价

　　说起苏轼，大家可能会想起他的诗词，又或者是东坡肉，可能还有人会想起他在杭州做官时建造的苏堤。但有谁能想起他的母亲呢？如果不是这组同学的表演，我们可能都不知道苏轼背后的女人——他的母亲程氏。其实，苏母程夫人是一位非常了不起的女性，司马光为其著墓志铭时写道："贫不以污其夫之名，富不以为其子之累；知力学可以显其门，而直道可以荣于世，勉夫教子，底于光大。"出身书香门第，自幼熟读诗书、深知礼仪的程夫人，她凭一己之力勉励夫君上进读书、启蒙孩子成才。可以说苏洵、苏轼、苏辙三父子能成为一代文豪，成绩斐然、光耀门楣、流芳千古，都与程氏在背后的影响分不开。苏轼十岁时，苏洵外出赴考游历，丈夫不在家的日子里，程夫人带着孩子们一起读历史，大概认为这样既能用趣味生动的故事教孩子文章典故，还能用人物榜样培养孩子的品德气节。丈夫苏洵与两个儿子苏轼、苏辙，并列"唐宋八大家"，其实细细思量、追根溯源，都离不开程氏的影响、培养和教育。正如司马光所说："古之人称有国有家者，其兴衰无不本于闺门，今于夫人益见古人之可信也。"无论是国家还是家庭的兴衰，都与女性息息相关。

梁晓凤　胡盼娜

《功废于贪,行成于廉》小组表演剧照

苏门家风蕴清廉

张亦欣　徐乐楠 等

剧情梗概

公元1101年,已到暮年的苏轼回忆起他沉沉浮浮的一生。年少时,父亲苏洵"守廉勿贪,为官必廉"的思想深深刻入他的心中。为官时,他与友人、妻子一同为民请命,建起"安乐坊",在名医的帮助下,平息疫情、造福万民。为父时,他又将这一贯相传的廉洁家风传于儿子苏迈。他这一生,真正做到了"功废于贪,行成于廉",而苏门家风也代代相传、流芳百世。

剧情人物

老年苏轼、苏洵、青年苏轼、为官苏轼、陈襄、苏轼妻子、旁安时、苏迈、为父苏轼

第一幕 暮年回忆

（书房内,一垂垂老者正襟坐于案后,执笔写字。笔落,字成）

老年苏轼 （望着成作,轻声念道）功废于贪,行成于廉。

老年苏轼 （缓缓抬头,目光凝重）我这一生,无论是为人子、为人父,还是为官,皆行于此训,不敢忘怀。如今,我早已辞去官衔,也落得一身清净。只是这人一老,就总是容易想起年轻时候的事情。回首过去,我当真撑得起这八个字吗？

（灯光暗下,回忆开始）

第二幕 苏洵教子

（书房内,苏洵携苏轼手朗诵《酌贪泉》,桌上放《酌贪泉》书法作品）

苏洵 "古人云此水,一歃怀千金。试使夷齐饮,终当不易心。"子瞻,你可知吴隐之的这首《酌贪泉》是何意吗？

青年苏轼 （低头思索片刻,摇头）孩儿不知。

苏洵 古时有个传说,人只要喝了贪泉的泉水就会变得贪婪。但吴隐之却不相信贪泉的古老传说,更不认为贪泉有如此巨大的魔力,他不但勇敢地酌贪泉而饮,还立下了为官清廉的志向。

青年苏轼 孩儿大悟,吴隐之意欲借伯夷叔齐自比,表示自己清廉为政的决心!

苏洵 (赞许地点点头)若是你喝了贪泉,会如何呢?

青年苏轼 (言之凿凿)屈子有言,"朕幼清以廉洁兮,身服义而未沫"。孩儿会同吴隐之一般坚守廉洁之道。贪与廉取决于人的精神境界高低,与饮贪泉水无关,吴隐之如此,孩儿更是如此! 就算孩儿饮了这贪泉水,清廉之心也不会减少分毫!

苏洵 (欣慰地点头)为官、为臣,都应当正直无私,不行贿赂之事。如今在朝中为官,坦诚待人反被讥为天真,不谋机心却被视为幼稚。(悲哀)可即使风气如此,我们也要坚守本心。(语调上扬,积极)苏家向来以读书达显贵,其实更多的是希望你们可以为更多人带去一片清明。(严肃)以后若是入仕,你一定要记住——"守廉勿贪,为官必廉"!

青年苏轼 (郑重点头)孩儿明白。廉是六事的根本,"功废于贪,行成于廉"。孩儿一定会积极进取,考取功名,做一个清廉正直的好官!

旁白 嘉祐五年(1060),欧阳修、杨畋分别保举苏轼和苏辙参加次年八月的"贤良方正能直言极谏科"考试,"苏轼入三等,辙为四等"。后来,苏轼写道:"某生于远方,性有愚直,幼承父兄之余训,教以修己而治人。虽为朝廷之直臣,常欲挺身而许国。"

第三幕 就任杭州

旁白 元祐四年(1089),杭州先旱后疫,饥疫并行。两浙一带,十有五六尽皆病死,由于当地官员应对不及,灾情愈演愈烈,一时间饿殍遍野,浮尸不计,商贾不行,市集萧条。在这样的背景下,苏轼被朝廷委以重任——出任杭州知州。

旁白 那天,苏轼正与同僚好友陈襄一同谈论政事,商讨对付时疫的法子。

陈襄 (面露难色)这时疫实在凶如猛虎! 偏偏又遇饥荒,粮食的价格堪比黄金,百姓就算医好了身体也吃不起饭。再这样下去,恐怕百姓不病死也会活活饿死呀!

为官苏轼 是啊,天灾当头,民以食为天。我得想法子先把米价稳定下来。明日我就上书朝廷,请求减少杭州上贡的大米。

陈襄 说到粮食,我有一法。天子尊佛,朝廷倒是有一政策,僧人可以领到额外的补助和大米。不如让百姓都剃发出家去……

为官苏轼 (摆摆手)陈兄,你别忘了,俗人出家当僧人得有朝廷颁发的牒文才行。

陈襄 (喃喃)如此看来,也只有上书朝廷这一条路可选了……

旁白 第二日,苏轼立马上书朝廷,请求减去进贡大米的三分之一并赐度僧牒,用换来的钱救济灾民。到了第二年春天,苏轼又把常平仓的大米拿出来半价售卖,并煮粥、熬药,免费分发给百姓。与此同时,苏轼还频频跑到外地请医生来医治得了时疫的百姓,但是效果甚微。

第四幕 安乐坊

(见杭州城内民不聊生,苏轼夜不能寐,在家中叹息踱步。妻子从外匆匆走来,面露喜色)

创作来源

宋史·列传第九十七（节选）

[元]脱脱、阿鲁图

既至杭，大旱，饥疫并作。轼请于朝，免本路上供米三之一，复得赐度僧牒，易米以救饥者。明年春，又减价粜常平米，多作饘粥药剂，遣使挟医，分坊治病，活者甚众。轼曰："杭，水陆之会，疫死比他处常多。"乃裒羡缗得二千，复发橐中黄金五十两，以作病坊，稍畜钱粮待之。

译文

苏轼任杭州太守时，正逢旱灾，收成不好，又有传染病流行。苏轼请求朝廷免除上贡的米三分之一，使杭州的米价没有飙涨；又请朝廷赐下可出家为僧的执照数百份，用来换取米粮救济饥饿的百姓。到了第二年春天，苏轼又将常平仓的大米拿出来减价售卖，并制作许多稠粥和药剂，派人带着医生分街坊治病，救活的人很多。苏轼认为杭州是水陆交通的要地，得疫病死的人比别处要多一些。于是他向社会募捐了两千余缗，又从自己的私房钱里拿出来五十两黄金，用来建造"安乐坊"，逐步储备钱粮，防备疫病。

圣散子叙（节选）

[宋]苏轼

用"圣散子"者……状至危急者，连饮数剂，即汗出气通，饮食稍进，神守完复。

译文

服用"圣散子"药方的人，尽管是情况危急的人，只要连着饮用几剂，也能立马排出虚汗、气息通顺，能稍微吃得下东西，恢复精神。

创作感想

苏轼是我们较为熟悉的一位大词人，他的词风豪迈刚健，他为官清廉正直。通过这一剧本，我们不仅深切感受到了苏门家风的魅力，更真切地体会到了"行成于廉，功废于贪"的千古遗训。无论是故事中苏母对幼年苏轼三兄妹的教导，还是苏轼在做父亲后对苏迈以身作则的教导，都让我们真真切切地感受到了家风在一个家族的发展中所起到的至关重要的作用。

教师评价

　　苏轼,一个伟大的文学家。世人读苏轼,读他的情怀,读他的力量,也读他的温暖和那些令人生痛的多舛人生和不幸遭遇,更读他面对顺境和逆境时坚持做自己的真实与简单。实际上,苏轼还是一个为百姓着想的好官员,这组同学通过第三幕"就任杭州"、第四幕"安乐坊"和第五幕"颇见成效"展现了苏轼体恤百姓、造福万民的生动场景。这组同学表演形式多样、台词功底强、表现力十足,将苏轼乐观生活的态度、为民思虑的忧愁和传承良好家风的坚定表现得尤为突出。苏轼一生清贫,人生三起三落,但是他并没有因此消沉,反而一直乐观面对生活,甚至还创造了"东坡肉"这一美食。他的很多诗篇流传千年,被世人吟诵,成为千古绝唱。我们表演的同学不仅仅让我们感受到了古人的清廉家风,还告诉我们即使生活不如意,也要积极面对。

　　　　　　　　　　　　　　　　　　　　梁晓凤　　胡盼娜

《苏门家风蕴清廉》小组表演剧照

（两人拿着包，注视着空无一人的路口）

朋友　对了（拍拍池清），老是听你提起你们家"俭勤清白"的家训，你能和我说说有关这四个字的故事吗？

池清　行，反正也在等人，那我就来和你讲讲，这是关于我家的一位祖先——池浴德的故事，话说在明代……

（场景转至池宅书房。书房简洁朴素，除了书架、长桌，最醒目的就是端挂于书房门廊正中那块刻着"俭勤清白"四字的匾额，而池父端坐在匾下喝茶）

第二幕　父子别离，清白赴任

旁白　明万历八年（1580），池浴德即将前往处州府遂昌县任县令。

池浴德　（鞠躬拱手行礼）父亲，明日儿子将启程前往处州府，特来向您辞行。（不舍的语气）

池父　（起立扶起儿子，并引着他坐下）好好好，汝能上任也算了了为父的一桩心愿，（笑着欣慰地说，并摸了摸胡子）但临行前，为父还有两句话想嘱咐。（眉头一皱，神色转变为严肃）吾家世积德，从小吾便以"读书循礼"教育汝，如今汝要离家为官，一定要以廉俭自约，牢记居官当如处子，不得有所点染，勿忘祖训，勿负百姓！（严肃，声音坚定、铿锵有力）

池浴德　（起立撤一步行礼，面容严肃）儿子谨记父亲教诲。

池父　（起身扶起儿子，拍拍他的手，带着他来到匾额下方）出门在外，汝亦要牢记"俭勤清白"（指向匾额），如此方能成为清白官啊。（语重心长）

池浴德　是，儿子一定恪守这四字家训。（神色凝重，语气坚定）

池父 如此甚好,吾儿去吧。(欣慰、不舍的语气)

(池浴德行礼,转身下台,池浴德下台后,池父退场)

第三幕 清白新令,百姓安宁

旁白 池浴德乘坐马车至遂昌县,(池浴德乘坐马车上台)见到百姓个个面黄肌瘦、衣着破旧,他们一见到有马车行来,面色惊恐地避之不及,(衣衫破烂的百姓1、2上台,行至池浴德面前,害怕地转身离开)马车上的池裕德见此景象感到十分怪异,一路思索着到了县衙。(眉头紧皱,摇了摇头)

(县衙内)

衙役 (迎上去,行礼)哟!池县令您来啦,一路可还顺利?(面带笑容)

池浴德 哈哈,(下车,拱手)路途虽远,可有处州的青山绿水相伴,也算是人生一大乐事,只是……(神情转为犹豫,两只手背在身后,声音拉长)

衙役 您请直说。(疑惑,恭敬)

池浴德 哦,(舒了一口气,眉头皱起)吾至遂昌县内,见路上的父老乡亲个个衣衫破旧,他们一见到吾的马车竟面露惊恐(拍了拍马车),避之不及,这是何故呢?(疑惑)

衙役 (挠了挠头)这……不好说啊,大人。(犹豫,眼神闪烁)

池浴德 (明悟状)你尽管说来,本官恕你无罪!(急切,身体凑近衙役)

衙役 多谢大人,(行礼,感激)大人您一路行来也看见了,咱们遂昌县四面环山,(指了指四周)十分闭塞,百姓们本就生活不易,(摊手,愁眉苦脸)

可郡守每逢上京公干,仍要以送礼为名向下属索要银两,县府只得加税,这刮来刮去,可不就不断增加百姓的负担了吗?(语气转为无奈沉痛)

池浴德 岂有此理!(一甩衣袖,高声说)家父从小告诫吾要做清白官,绝对不能容许这歪风邪气,马上传令!(生气,指着衙役)从今日起,我们不能再索要百姓的钱财送礼物了!(高声、坚定地说)

衙役 不止呢,大人!(义愤填膺)上一任县令老爷还积压了许多冤案,那些交不上税钱的百姓被拉到大牢里严刑逼供,一关就是几年,他们冤啊!

池浴德 (叹气)吾虽知如今国柄潜移、权幸用事,(悲痛、凝重的样子)可没想到这小小的遂昌县竟也腐败至此,吾从小以"俭勤清白"自居,怎能容许百姓受此压迫。(思索状,在屋内来回踱步)去,将卷宗拿来,待本官细细查明这牢内究竟有多少无辜百姓。(转身坐在了椅子上,开始研墨)

衙役 是!大人。

(衙役行礼小跑下场,拖着三个大木箱上场)

衙役 大人,共理出三百多份卷宗,已全部呈上来了。(行礼,将箱内的卷宗放到桌子上)

池浴德 好,(伸手开始翻看卷宗)待吾按年次、轻重查明之后,若该人无辜,则马上释放;若该人有罪,则要查明事情原委,切记不能再以严刑逼供。(站起身,背着手,看着衙役)

衙役 是。(行礼退下)

(池浴德坐下仔细阅读,并将卷宗分类梳理)

旁白 三个月过去了。

(池浴德放下卷宗)

池浴德 (舒了一口气)终于将这些积压的卷宗全部整理完了,果然有许多百姓无辜被关!(生气甩袖)而且大部分都是因为加税而没有钱缴纳的。(摸摸胡须,思考状)这样吧……(提笔在书桌上写写画画,拿起纸左右端详,满意点头)来人!

池浴德 吩咐下去,将这名单上的无辜之人释放。(将单子递给衙役)再去把本县应该征收的赋税额贴在衙外,今后以此为据,绝不额外增收!

(将第二张单子交给衙役)

衙役 是。(行礼,领单子下)

旁白 百姓们看到新来的县令不但明确征收的税额,还能依据情况适当延期限,都争着来缴纳赋税。于是遂昌县的社会风气大有好转。

(场景转为池浴德家中书房)

第四幕 父子传道,继往开来

旁白 池浴德为官十六年后,辞官回家,悠游林下,但仍不忘以"毋滥交,毋惹事,毋衣罗绮,毋想膏粱,毋恃贵凌人,毋挟长加少"教导自己的儿子。万历三十七年(1609),长子池显京中举,授和州知州,不日即将上任。

(池浴德坐在凳子上抚摸着胡须,看着书信)

池显京 (大步上前,行礼)父亲,您找吾?(疑惑状)

池浴德 儿啊,来。(挥手招池显京上前)看,这是当年吾父写给吾的书信,那时吾父虽已年长,可仍时刻叮嘱吾要以"廉简"自居,甚至穿衣吃饭这些小事也要交代得一清二楚,生怕吾一时不察犯下大错。(池显京上前捧起书信仔细翻看)

池浴德 当年吾父在吾赴任前教导吾要牢记"俭勤清白",吾为官十六载,没有一日不牢记在心。(拍着池显京的背,语重心长)如今汝即将启程上任,外界形势可谓一片晦暗,因此为父将这四个字转赠与汝,愿汝不辜负这四个字,也不负苍生。(语重心长,凝重)

池显京 (放下书信,后退一步行礼)是,儿子一定谨记"俭勤清白",竭力做一个清白官,不辜负祖辈的教导。(行礼,高声说)

(池浴德摸了摸胡须,欣慰地点头)

旁白 池显京任和州知州时,志书记载他"萧然布衣""两袖清风",也是一位清官。

(场景转至大街上)

第五幕 归还钱包,清白为宝

池清 现在你知道了吧,(拍拍朋友)从池父教育池浴德,再到池浴德教导池显京,时代虽然变了,可是"俭勤清白"这四个字却是代代相传,是每一位池姓人刻在骨子里的家训。(伸大拇指,骄傲地说)

朋友 (惭愧地点点头)我明白了,现在想想我刚才的行为真的不对。(声音低落)

池清 (拍拍朋友的肩)没事,你还没有酿成大错,只是希望以后你也能和我一样牢记"俭勤清白"这四个字。

朋友 好!(高声)我以后一定也像你一样,时刻牢记这四个字。

(两人相视而笑)

(远处突然跑来了一个人,一边跑一边四处寻找)

失主 哎呀!我的包怎么不见了,哎呀!(焦急地四处寻找)

(突然看见了池清和朋友,快速跑到两人面前)

失主 哎!两位小同学,你们有看见我的包吗?应该就是在这附近丢的,黑色的,上面有个银色的标签,大概那么大,(伸手比画大小)里面还有蛮多钱的呢!(着急地说)

    (池清和朋友对视一眼,拿出了钱包)

池清 您看看,这是您的钱包吗?(把钱包拿到来人面前)

失主 (看了看钱包)是是是!是我的钱包,(舒了一口气)我刚刚着急去医院缴费,没想到把钱包丢在了半路上。谢谢两位小同学,不然我这钱可要丢了!(感谢)

(池清把钱包还给失主)

池清 您拿好钱包,以后可要小心一点。(语重心长)

(失主接过钱包)

失主 是是是,谢谢谢谢。(拿着钱包鞠了个躬)

朋友 好啦,现在这件事情终于解决了,(欣慰)对了,你们池氏家训还真有意思,(拉了拉池清)你还有没有别的有关家训的故事啊?(疑问)

池清 多着呢!(骄傲)我边走边和你说……

创作来源

厦门志(卷十二)
[清]周凯

池浴德,字仕爵,号明洲,中左所人。嘉靖四十三年甲子举人,明年成进士。授遂昌令。父戒之曰:"吾家世积德,儿曹努力为清白官。"至则为文誓神,期不负苍生。设防守、置木皁、泽枯骨,多异政。故事:郡守朝正京师,里甲敛百金为赆。浴德代守却之。会新守至,搜旧案山积,前令不能决者,日下檄追督。浴德检三百余案,分别年次轻重平反,勒为数册上之,逮系悉空。守大喜。追征则详揭赋额于衢,宽以限期,不事桁杨。人争乐输。

译文

池浴德字仕爵,号明洲,是明代同安县嘉禾里(今厦门岛)人。嘉靖四十三年考上举人,第二年成为进士。他到处州府遂昌县担任县令。他的父亲告诫他:"我们家世代积累了深厚的德性,希望你能不违背祖训,做一个清白的官。"等池浴德到了遂昌县,他写下文章向神明立誓,希望能够不辜负苍天,也不辜负百姓。他在遂昌县任职期间加强了县城的防守,也善待了已经去世的人的遗骸,颁布了许多不同寻常的政令,获得了当地人民的爱戴。有一则旧事:郡守每逢上京公干,都要以送礼的名义向下属搜刮银两。池浴德一到遂昌,立即废止了这个风气。县里积压了许多案件没有及时处理,池浴德整理出三百多份卷宗,按照时间、轻重,平反登记,把无辜的百姓放了。太守听了很是高兴,池浴德把该追征的税额公开,宽限期限,并不用刑恐吓。结果百姓争着来缴税。

创作感想

　　在得知要创作有关"廉洁"和"家风家训"剧本的时候,我脑海里闪过的第一个念头就是"要写池姓的历史名人",但"池"并不是一个常见的姓氏,池姓的历史名人也就更少了,在开始寻找之前,我甚至都怀疑历史上有没有这样的人。但是你永远都不要低估历史,在清道光十九年版的《厦门志》中还真记载了这样的一个池姓历史名人——池浴德。

　　池浴德,字仕爵,人称明洲先生。祖父池旻"以赀雄闾里"。父亲池杨"和煦有量",重视家庭教育,每以"读书循理"教育子侄。池浴德在这样的环境下,受到了良好的熏陶,于嘉靖四十三年(1564)中举,翌年春登进士第。而在其十六年的为官生涯中,他一直谨记父辈教诲,做一个清白官,待其回乡之后,仍恪守"俭勤清白"的家训,教导自己的四个儿子"毋滥交,毋惹事,毋衣罗绮,毋想膏粱,毋恃贵凌人,毋挟长加少"。在这样的熏陶之下,他的儿子池显京也成了一位"两袖清风"的好官。

　　因此对我来说,创作这个剧本的过程不仅仅是探寻廉洁文化的过程,更是在了解我们池姓的历史。借助池氏父子的故事,我深刻了解到了"俭勤清白"这四字家训的内涵,也愿意在之后的日子里秉承这条家训,做一个"俭勤清白"的人。

教师评价

　　《义务教育课程方案和课程标准(2022年版)》强调了中华优秀传统文化的重要性。孝廉文化是中华优秀传统美德之一,也是为人之本。从小学到大学,甚至说从出生到离世,我们都极其注重家风教育。池浴德家就使得清廉家风在千万代家族人士中传承、弘扬。大家一定有一个疑惑,家风得以经典永流传的秘诀是什么?这组同学以五幕的表演,表现了池家清廉之风永流传的秘诀。池浴德有两个绰号,其一,他因勤政便民,将当时当地官场的不良风气变革一新,被百姓称为"池半升";其二,他为官清廉,身居要职还能两袖清风,被他的母亲笑称为"无花果"。其子池显京学习了他"池半升"与"无花果"的精神,秉承他廉洁勤政的作风,当官时"萧然布衣""两袖清风",也是当时有名的清官。次子池显方是明代著名诗人。至孙子辈,又出了个为官清廉的池继善。祖孙三代清官,"勤廉"的家风影响深远。同学们,在我们的家庭中,一定也有一些美德在潜移默化中传承,希望你善于发现,将其弘扬。

梁晓凤　胡盼娜

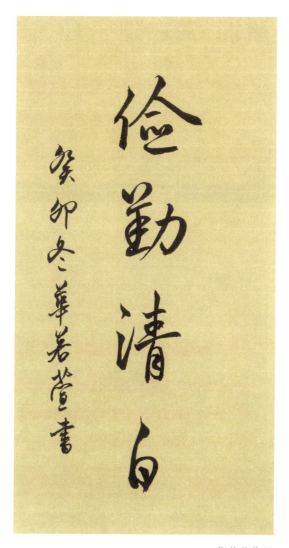

华若萱作品

君家有贻训,清白遗子孙

丁琳茂　谢一承　等

剧情梗概

　　白居易作为我国杰出的现实主义诗人,不仅其诗作流传千古,他以《续座右铭》为代表的白氏家风家训也持续影响着中国百姓。本剧以白氏后代甲因想要通过不公平手段竞选班长而产生的家庭纷争为背景,通过白居易在杭州西湖修筑堤坝、救民济世的故事以及他做官三年却只取天竺石的故事,着重点明了白氏家风中的廉洁清简、为人民无私奉献、注重自我道德提升的精神,以此将甲扳回正道,令其时刻铭记白氏家训。

剧情人物

甲、妈妈、爸爸、友人、白居易、农民1、农民2、随从、家仆甲、年轻僧人、老僧人、家仆乙

第一幕 游与邪分歧,居与正为邻

旁白 甲的班级正打算举行班干部竞选,甲想要竞选班长,想用一些小东西贿赂同学投票给他。

(妈妈在厨房忙碌,做晚饭,等甲放学;爸爸在书房看书,研读《续座右铭》)

甲 (走进家门,"砰"一声关门,大声叫唤)妈,累死我了,快倒杯水来,有一个事要和你们商量。(说完书包一甩,跷起了腿)

妈妈 (从厨房走出来,看到此场景,皱起了眉)什么事情呢?

甲 (看到妈妈手里没水,小声嘀咕)怎么不给我倒水!(坐直)是这样的,我和你说,我想去竞选班长,这次竞争太激烈了,我想买点小东西送给我的同学们,到时候让他们全都投票给我。

妈妈 (表情转为严肃,在甲的身边坐下)孩子,我不赞同这件事,竞选班长本就要求公平竞争,你这样做对其他人不公平。

甲 (不耐烦,急切地)你怎么就知道别人没有送东西呢?你什么都不懂,叫你倒水你也不倒,就知道在这里讲这么多大道理,烦死了。

(妈妈正准备说,爸爸拿着《续座右铭》从书房出来)

爸爸 (拍拍甲的脑袋)你怎么和你妈妈说话呢,一点都不懂礼貌。我和你说,靠实力选上才是真本事,没真本事就不要参加竞选。你妈妈说你两句你还不得了,书都读到狗肚子里去了吗?难道你妈妈说的不对吗?就是要强调公平竞争,不能贿赂同学。(说着拿出《续座右铭》)我看你是一点都不明白我们白家的家训,书没有读多少,一天到晚就想着搞这些弯弯绕绕,不干实事。老祖宗听到你说的话怕是棺材板都压不住,要被你气醒喽。坐下,今天我就替老祖宗好好教训你。(音乐起,朗诵《续座右铭》)

第二幕 养内不遗外,动率义与仁

旁白 唐代元和十五年(820),穆宗继位。朝中政局混乱,穆宗年少荒唐,大臣们争权夺利。对此,白居易多次上书,却不被皇上采纳。此时的白居易,虽然依旧忠正耿直,但对朝政不再抱有希望,索性极力请求外放。长庆二年(822),白居易被任命为杭州刺史。在路上,他写了一首《舟中晚起》,"退身江海应无用,忧国朝廷自有贤",不能被朝廷重用,难免有点苦闷;"且向钱唐湖上去,冷吟闲醉二三年",但想到杭州,想到西湖,他的心情又变得轻松起来。在江南的大好时光里访僧问茶、踏青寻芳的怡情自得固然重要,但"出仕为官,重在救民济世"的崇高理想也不能忘。在短短三年的任期里,白居易为杭州做出了巨大的贡献。

旁白 白居易与友人一同漫步在西湖边和煦的暖阳下。

友人 (苦笑,无奈)乐天,昔日你我一同登科,立下鸿鹄之志,未曾想过会来到这里。

白居易 生逢乱世,实在是身不由己。朝中政局混乱,天子年幼荒唐,小人争权夺利,(叹气)我如今已垂垂老矣,恐怕是无力回天。(哀伤、缓慢)

友人 乐天……(拍拍白居易)且看开些吧,(手指前方)眼前这江南的初春,倒是与别处极为不同的,莫要因世俗的纷扰而辜负了这一片大好的春光。

白居易 (低头沉思,抬头释然一笑)好,忧国朝廷自有贤! 既然如此,我不妨闲居于此,游于这青山绿水间。杭州五千里,往若投渊鱼。虽未脱簪组,且来泛江湖。(展颜欢笑,释怀)

农民1 杭州大旱成灾,今年的收成可怎么办啊!(愁苦)

农民2 这一点可怜的粮食,又该怎么养活我一家老小!(愁苦,悲伤)

农民1 昔日的刺史在城内开凿了六井,引西湖水入井,但这通道早已阻塞,如今喝水也成了一个问题! 真是令人头疼啊!(忧愁)

农民2 是啊,这堤岸也是年久未修,早已拦不住那凶猛的洪水了。这日子,该怎么过啊!(哀伤、叹气)

白居易 (对着随从)竟有此事,我却一无所知,真是羞愧万分!(懊悔)

随从 大人,这堤岸确实年久失修,民苦久矣。六井开凿已过数年,早已不复当年之景。

白居易 你,何不早报!(大怒)

随从 (立刻弯腰作揖)大人恕罪!(紧张,为难、吞吞吐吐、结巴,抬头看一眼,然后低下头)不是不报,只是……民间有传言,"决放湖水,不利钱唐县官",是以县官横加阻拦、互相推诿,借"鱼龙无所托,菱茭失其利"之由,置之不理。更有甚者云,此举触怒神灵,为逆天之举!

白居易 (愤怒拂袖)荒唐! 鱼龙与生民之命孰急? 菱茭与稻粱之利孰多? 为官者,当爱民如子,视民如伤! 怎可为一己私利而舍弃公义! (郑重)

旁白 白居易归来后,便着手筹划修筑湖堤、疏通六井之事。其间县官纷纷劝阻,而白居易始终不为所动。

(白居易皱着眉在纸上圈圈点点,思考着湖堤该怎样修建,有县官上门劝阻,他摆摆手置之不理,继续埋头做事)

旁白 白居易力排众议,率民筑堤,堤成而民欢悦,他欣然写成《钱唐湖石记》,尽数修筑湖堤之利,亦力批种种妄言谬论。

旁白 一日,白居易在家中作诗,家仆匆匆赶来,似有要事禀报。

家仆 大人,门外有人求见,说是专程来感谢您。

白居易 (愣了愣)谢我? 所为何事?(起身出门)

门外的农民看见白居易急忙行礼。

农民1 (感激地)大人！若没有您修筑的湖堤，千顷良田必将毁于一旦！

农民2 (感激地)大人！感谢您的救命之恩，我一家老小得以维持生计！

白居易 请起请起。(将他们扶起)

白居易 这加高数尺的湖堤，不仅可保"田无凶年"，还可保城内"井水常足"，修筑它本是我分内之事，而今湖堤已成，大家当欢喜才是，今日且回吧。

(白居易目送农民离开)

白居易 (望着他们离开的背影，缓慢地自言自语)自问道何如，贵贱安足云。

第三幕 吾道亦如此，行之贵日新

旁白 一个风和日丽的午后，白居易与友人相约，他想在临行回乡前与友人同游天竺山。

友人 乐天，你这次从杭州离任，指不定什么时候再回来，那些百姓一听说你要走，必然都舍不得你，都要留你呢！

白居易 莫说笑了，百姓们一片热忱，我实在惭愧。

友人 你就别谦虚了，你排除万难为杭州的老百姓计利，大家都看在眼里呢。(看见远处迎上来的僧人)你瞧，天竺山的僧人见你来，都来迎接我们啦。

(白居易与友人见状也快步上前，与僧人相会)

老僧人 (行礼)大人。

白居易 (慌忙扶住)老人家不必多礼,我这次来,仅仅是为了故地重游,留点念想罢了。(抬头叹息一声)这天竺山素来是我钟爱之地,此次回乡,必将念念不忘啊。

老僧人 (示意旁边的年轻僧人将礼物呈上来)大人,您任杭州刺史,修筑西湖堤防、疏浚六井,杭州的百姓们都惦念您的好,这次大人即将返乡,百姓们自发准备了薄礼一份,希望您能赏光收下。

友人 (一拍手)你看,我就说……

白居易 (连连摆手)万万不可,造福百姓乃是为官之人的本分,当是不取一文的!

年轻僧人 (着急)可是大人……(见白居易神色坚定,老僧人也不愿退让,只能僵持在原地)

友人 (见状打圆场)不如这样吧——乐天,你平日里一向喜欢把玩泉石,又钟爱这天竺山,不如就带几块天竺石回去,就几块石头而已,无伤大雅吧!

年轻僧人 (一拍脑袋)这位大人的主意倒不错!(一溜烟离开去取石头了)

老僧人 (一面沉思一面点头)……是不错。

白居易 (仍在犹豫)……可是……

友人 (推搡白居易)哎呀,这毕竟是杭州百姓们的一片心意,再说,这天竺石又非奇异珍贵之物,取它两片也无伤大雅,怎须拘此小节呢!

老僧人 大人若是不收,便是伤百姓们的心了。(与此同时年轻僧人已经取来了石头,双手呈上)

白居易 (仍想辩解,但架不住众人据理力争)……如此,好吧!

（白居易小心地接过包好的石头,众人一同往前走去）

旁白 一日,白居易在家中踱步,忽然看见了置于架上的天竺石,不由得睹物思人,想念起杭州的百姓来。

白居易 (取下石头把玩)……"在郡六百日,入山二十回",唉……也不知杭州的百姓今日如何了,那天竺山又如何了呢?

(正当白居易把玩着天竺石陷入回忆之时,他的眉头忽然皱起来)

白居易 (一面放下石头,一面逐渐面露严肃神色)倘若每个人都像我一样,临行前带走几块天竺石,那天竺山的秀美岂不是要消失殆尽? 山石虽然不值钱,但是取之如同贪污,如今我取走了这两块天竺石却没有细想其中的不当之处。我这么做,有违我"自顾行何如"的准则啊! 如此,我当写诗以示悔过之意啊。

(白居易迅速走到案前,提笔蘸墨,写下如下诗句)

白居易 (边写边念)三年为刺史,饮冰复食蘗。唯向天竺山,取得两片石。此抵有千金,无乃伤清白。

(白居易写完停笔,正欲观摩自己的诗作,不料家仆在门口唤他)

家仆甲、家仆乙 (急匆匆推门)大人,出事了!

白居易 (心里一惊)什么事?

家仆甲 请大人随我来。

(白居易匆忙搁笔出门,不料尚未干透的宣纸因为他的动作,从案上滑落了一半下来)

家仆乙 (转头见白居易已经离开,便想把宣纸摆回原位,无意间看见白居易方才题好的诗句)……大人的墨宝我倒是头一回见着。(嘀咕着出门了)

家仆乙 (推推同伴)那日咱俩一同去找大人,你先引他去了,我晚了几步,不料看见大人在案上刚题好的诗。

家仆甲 (兴奋又好奇,但是压低了声音问)我知道你也曾学了些诗文,你倒说说,大人写了什么?

家仆乙 (得意地)三年为刺史,饮冰复食蘗。唯向天竺山,取得两片石。此抵有千金,无乃伤清白。

家仆甲 (有点困惑)……什么意思呀?

家仆乙 (敲了一下对方的脑袋)大人的意思是,之前在杭州做了三年的刺史, 常喝冷水吃苦菜, 最后临走前向天竺山取了两块石头留作纪念。这两块石在他心中抵得上千金, 却也怕会伤了他的清誉。

家仆甲 (更疑惑了)不就是两块石头吗? 大人至于吗?

家仆乙 这你都不懂, 咱们大人一贯坚持"自顾行何如", 这体现的是大人慎微的自律态度, 是大人在小事小节上绝不马虎的表现啊!

家仆甲 (恍然大悟状)原来如此!

家仆乙 (连连摇头)你啊!

(两人有说有笑地走远了)

(场景:家。角色:妈妈、爸爸、甲)

甲 (低头反思, 忏悔道)"自问道何如"……"自顾行何如"……我不去想当上班长要怎么服务班级, 尽想着怎么拉拢同学, 我的道德和行为真配不上做白家的子孙。对不起爸爸, 我该怎么做才能弥补自己犯下的错误呢?

爸爸 (释然, 欣慰地笑, 心平气和地说)孩子, 我们白家家训首先教给子孙的就是如何做人, 行事处处要以礼仪和仁爱为准则, 并持之以恒。你要牢记这个道理, 首先从生活中的小事做起, 比如尊敬父母兄长……

甲 尊敬父母兄长……(思考, 仿佛明白了什么, 望向妈妈)妈妈, 对不起, 我刚刚对您的态度太差了, 您给我们做饭这么辛苦, 我还对您大呼小叫的。

妈妈 (笑, 拉起甲坐到旁边, 握起甲的手)没有关系, 你能够反省自己并改过自新, 我真替你感到开心。现在你还想竞选班长吗?

甲 (释然、坚定)"贵贱安足云""毁誉安足论", 做班长重要的是服务班级, 而不是追求个人的利益, 无论我能不能成为班长, 我都会尽我所能帮助同学, 为班级做贡献。今后我会多多反思自己的言行, 不能再犯今天这样的错误了。

妈妈 (拍拍甲的肩)不错, 看来你已经真正懂得了白家家训的内涵, 今后你要将白家家训的精神传承下去, 一辈子秉持并自我勉励。

爸爸 （将手中的《续座右铭》拿在观众看得到的地方，站起来面对观众）白居易的兼济人生，不仅是落实他的《续座右铭》的过程，更有质的飞跃，相对于家族成员的为人之道，白居易的视野和胸怀从家族转向了天下。这是飞跃和升华，其思想早已超出了《续座右铭》达到的境界，希望大家能够学习白家家训精神，"终身且自勖""行之贵日新"，永远行动在前进的路上……

创作来源

钱唐湖石记（节选）

[唐]白居易

俗云：决放湖水，不利钱唐县官。县官多假他辞以惑刺史。或云鱼龙无所托，或云菱芡失其利。且鱼龙与生民之命孰急？菱芡与稻粮之利孰多？断可知矣。又云放湖即郭内六井无水，亦妄也。且湖底高，井管低，湖中又有泉数十眼，湖耗则泉涌，虽尽竭湖水，而泉用有余；况前后放湖，终不致竭，而云井无水，谬矣！其郭内六井，李泌相公典郡日所作，甚利于人，与湖相通，中有阴窦，往往埋塞，亦宜数察而通理之。则虽大旱，而井水常足。

译文

　　民间传说，放湖水对钱唐县官不利。县官就常常找借口来迷惑刺史，有的说鱼龙无处藏身，有的说不利于茭白、菱藕的生长。然而鱼龙与百姓的生命相比，哪一个更重要呢？茭白、菱藕与稻米相比，哪一个得利更多呢？这就能明白了。又说如果放掉湖水，城里六井就没水了，这也是荒谬的。湖底高，井管低，湖里又有十眼泉水，湖水耗损了，泉水就涌出，即使湖水用完了，泉水也用不完。况且前后放湖水，最终都不至于会放完，却说井里要没水，这太荒谬了！城里的六井，是当年李泌在杭州时开凿的，对百姓大有好处。它与钱唐湖相通，其中有下水道，时常阻塞，也要经常检查疏通它才好。所以即使遇到大旱，井水总是充足的。

三年为刺史二首（其一）

[唐] 白居易

三年为刺史，无政在人口。

唯向城郡中，题诗十余首。

惭非甘棠咏，岂有思人不。

译文

　　我任杭州刺史这三年来，并没有做出什么政绩，只是在这城郡之中题了十多首诗。不能有像召伯那样为人称颂的政德，这令我十分惭愧，像我这样为官的人，还会有后人追思我吗？

三年为刺史二首(其二)

[唐]白居易

三年为刺史，饮冰复食蘖。

唯向天竺山，取得两片石。

此抵有千金，无乃伤清白。

译文

　　回顾在杭州为官的三年，我坚持饮食清苦、为人清白的生活，只是从天竺山带走了两片石头作为慰藉。然而现在，这两片石头在我心中抵得上千金，是否会伤了我的清白呢？

续座右铭

[唐]白居易

勿慕贵与富,勿忧贱与贫。自问道何如,贵贱安足云。闻毁勿戚戚,闻誉勿欣欣。自顾行何如,毁誉安足论。无以意傲物,以远辱于人。无以色求事,以自重其身。游与邪分歧,居与正为邻。于中有取舍,此外无疏亲。修外以及内,静养和与真。养内不遗外,动率义与仁。千里始足下,高山起微尘。吾道亦如此,行之贵日新。不敢规他人,聊自书诸绅。终身且自勖,身殁贻后昆。后昆苟反是,非我之子孙。

译文

人应该要做到不贪慕富贵也不忧虑贫贱。应当问问自己的道德品质如何,要明白富贵与贫贱都是不值一提的。当听到他人的诽谤时不要忧伤,听到赞誉时不要高兴。人应该自己考察自己做得怎样,他人的诽谤和赞誉不值得谈论。不要骄傲自满,瞧不起人,这样才能够远离别人的侮辱。也不要用谄媚的脸色乞求侍奉别人,这样才能够获得自尊。出游时要与邪恶的人分开,居家时要与正直的人为邻。从中有取舍,此外便没有亲疏。修养自己的外在行为以及内心,静静地保养和顺与纯真。修养内部后,也不要遗漏外部,行动要遵循义和仁。千里之行,始于足下,高山是由微尘积累起来的。我们的道德也是这样,要不断实行它,并能够每天都得到新的收获。不要随意要求别人,姑且先让自己牢记这些吧。这些理论,我要一辈子勉励,在我死后要继续传递下去。我的子孙们如果违反了它,那么他们就不配称为我白居易的后人了。

创作感想

　　家训是把家族崇尚的风气以文字的形式表现出来,用以教育后辈子孙规范其言行。训,当教导、教育讲,本质就是培养人们良好的习惯和品质。谈到廉洁家风,白居易的《续座右铭》《狂言示诸侄》《遇物感兴因示子弟》等多篇都有所体现,围绕白氏清正廉洁、不慕名利的家风,我们聚焦白居易用以自勉并"身殁贻后昆"的白氏家训《续座右铭》,从字里行间沐浴廉洁风气,拂去历史的尘埃细品白居易"念此私自愧,尽日不能忘"的兼济天下的胸怀、"自问道何如,贵贱安足云"的独善其身的处世态度,以及"终身且自勖,身殁贻后昆"的躬行态度。"吾家世以清简垂为贻燕之训",白氏家族的清简廉洁,值得吾辈终身学习。

教师评价

　　《三年为刺史》是一首"自责诗",这首诗是白居易用来自省的。白居易可以说是"歌诗为民、清简为官"的典范,在《三年为刺史》中表达的是他对自身廉洁的要求,但在《续座右铭》中他先以"勿慕贵与富,勿忧贱与贫。自问道何如,贵贱安足云"表达了对子孙后代的谆谆告诫,希望他们也能本着廉洁的心去做人做事。更难能可贵的是,白居易对于廉洁的视野并无局限,他由什么是廉,谈到怎么做到廉,由个人的内在修养谈到外在行为,由个人的小家谈到大家,这种广阔的视野透露出他对于廉洁的深刻认识,因此《续座右铭》值得我们细细品味。

梁晓凤　池唯嘉

《君家有贻训,清白遗子孙》小组表演剧照

何莹作品

廉洁之风古道来，齐家玉骨今犹在

李子豪　谢一承 等

剧情梗概

即将满十八岁的小廉来到孔庙参加成人礼，却因墙上的"齐家"二字被带入了时间长河。孔子、陶渊明、苏东坡接连与他相见，这二字背后究竟隐藏着怎样的故事呢？

剧情人物

小廉、陈亢、孔鲤、孔子、陶侃、陶侃部下、陶母、少年苏轼、成年苏轼、婢女、苏母

第一幕 入梦长河

旁白 小廉和他的同学就要十八岁了,这天,他们一起来孔庙参加成人礼,当大家正在四处参观时,小廉望见墙上有"齐家"二字……

(低头,自言自语)

小廉 古之欲明明德于天下者,先治其国;欲治其国者,先齐其家……先齐其家,齐其家……齐家……什么是齐家呢?

第二幕 过庭之礼

旁白 孔子是中国古代伟大的思想家、政治家、教育家,是儒家学派的创始人,开创了私人讲学之风。

旁白 一天,孔子的儿子孔鲤同前来求学的孔子弟子们共同学习。

(孔鲤从舞台左侧出现,看到孔子之后低头快步经过,不料孔子看到了快步的孔鲤,就抬手示意他留步。孔鲤看到孔子后行礼,两人开始对话。)

旁白 孔子的弟子中有一个名为陈亢的学生。

(陈亢从舞台右边出现,当他看到孔子二人在交谈时便停下了脚步暗中观察)

旁白 他曾两次看到孔子与孔鲤单独谈话,怀疑孔子给孔鲤单独传授知识。这一次,陈亢打算拦住孔鲤一探究竟。

陈亢 伯鱼。

孔鲤 唉。(应和)

陈亢 问您个事儿。

孔鲤 您说。(应和)

陈亢 孔师有给您开过小灶不?

孔鲤 什么灶?(疑惑)

陈亢 您是他儿子嘛!儿子!我可是看到孔师单独留您聊了两句。

孔鲤 那您可得听好了。

陈亢 怎么说?(应和)

孔鲤 一天,家父站在那里。

陈亢 哎哟,威严。(应和)

孔鲤 我小步从前面走过。

陈亢 怪谨慎的。(应和)

孔鲤 家父就问。

孔子 学诗乎?

孔鲤 未也。

孔子 不学诗,无以立。

孔鲤 我马上跑回去学诗了。

陈亢 吓坏了。(应和)

孔鲤 又一天,家父又站在那里。

陈亢 又给你遇到了。(应和)

孔鲤 我又小步从前走过。

陈亢 您是懂小步走的。(应和)

孔鲤 家父又问。

孔子 学礼乎?

孔鲤 未也。

孔子 不学礼,无以言。

孔鲤 我又马上跑回去学礼了。

陈亢 我有话要说了。

孔鲤 请讲。(应和)

陈亢 今天我有三个收获。

孔鲤 可您只问了一个问题。(应和)

陈亢 我学到了礼的道理和诗的道理。

孔鲤 那不还有一个。

陈亢 还知道君子一视同仁的处世态度，君子当如是。

孔鲤 那您可真是学到家了。

陈亢 伯鱼。

孔鲤 子禽。

（互相作揖）

小廉 我明白了！原来啊，齐家是孔子提出的，他认为要"齐家"首先要读书、要修身！不过"齐家"不仅是孔子一个人的坚守，之后一代代文人们都坚守着"齐家"的理念。魏晋时期的文人又对"齐家"有怎样的理解呢？

第三幕 封坛退鲊

旁白 陶侃少时，在浔阳做主管渔业生产的小官。他牢记陶母教诲，为官时勤勉敬业、待人和善。

陶侃 (持书吟哦)"饭疏食饮水，曲肱而枕之，乐亦在其中矣。"如此自在的意趣,正是我所追求的啊!

陶侃部下 (敲门)请问陶侃大人在家吗?

陶侃 (开门)何事?

陶侃部下 大人,属下见您生活清苦,一日三餐甚至都没看见一点肉末的
影子,今日属下刚好路过鱼品腌制坊,就给您捎了一坛糟鱼
过来。

陶侃 有心了,想起来我母亲也很喜欢糟鱼,乡下日子清贫,还是给她捎去
好了。

陶侃部下 属下这就去照办。

旁白 这坛糟鱼和家书很快就被送到了陶母手上。

(陶侃的部下敲门)

陶母 谁啊?

陶侃部下 伯母,您快看看陶大人给您带什么来了!

陶母 辛苦你了,快进屋坐坐!

陶侃部下 伯母,陶大人平时自己的日子都过得很清苦,但他连您喜欢吃
什么都记得一清二楚,看到有您爱吃的糟鱼,第一时间就托我
将这鱼带给您。

陶母 (欣慰地点点头)我儿一直都是个孝顺的孩子。(将坛子的封口打开,往里
面看了看)这糟鱼在浔阳要花多少钱?

陶侃部下 嗨,这坛子糟鱼用得着花钱买?去下面作坊里拿就是,伯母爱
吃,下次我再给您多带几坛来。

陶母 你的意思是这是官家的鱼?

陶侃部下 是啊,官家作坊的鱼多了去了,少这一坛有什么的。

陶母 (重新盖上盖子)我儿身为渔官,理应为百姓们树立清廉正直的榜样,
怎么可以带头私占公家的东西?

陶母 (当即拿出纸笔,写信斥责)孩子,你身为官吏,本应清正廉洁,却拿官家

的东西送给我，这样不仅对我没好处，反而增加了我的忧愁。

陶母 （将书信和一坛糟鱼交给陶侃的部下）劳烦你转交我儿，以后万不可再私占公物了！

陶侃部下 （恭敬地拿过来，面露敬意）不贪为宝，这清正廉洁的作风，远比一坛糟鱼宝贵得多啊！

旁白 陶侃收到母亲送回的糟鱼与责书，万分愧疚，从此为官更加公正廉洁、公私分明。而正是有了陶家这样的家风，才有了后来陶渊明"不为五斗米折腰"的千古佳话。

小廉 原来啊，对陶家人来说，"齐家"就是要为官公正廉洁、公私分明！

苏轼 今日睹陶公之风，忽梦家母程氏，老朽年已七十，而往事如在昨日。忆往昔，书堂的台下遍生竹柏，许多鸟儿在这筑巢，一日，我与弟弟在这庭院中玩耍——

第四幕　苏母埋瓮

婢女 （边走边熨衣物，踩陷了屋中一块地面）啊！ 这是怎么回事？（低头往下探看，发现地板下埋藏着一个大瓮，用乌木板盖着）

婢女 （高声）大家快来瞧！ 这里藏着一个大瓮！

（苏母、少年苏轼应声赶来）

少年苏轼 （兴奋）快打开看看里面有什么东西！ 说不定是老祖宗给我们留下的宝贝！

苏母 （语重心长）且慢，这上面盖着的是名贵的乌木板，且这里面装着的东西并不是我们的,我们不能打开,更不能拿。做人要堂堂正正,非分之财不可取,一定要牢记。我们一起将它埋回去吧。

(苏母、少年苏轼、婢女一起将大瓮埋回土中后下,成年苏轼上)

成年苏轼 后来,我到外地任职,居处有一棵古柳。下雪时,柳下有块地方却一直不积雪,天晴后,那块地上鼓起数寸。我怀疑这是古人埋藏丹药的地方,想挖开看看。我的夫人说:如果娘还活着,肯定不会挖掘的。我因此感到深深的惭愧,也更将娘"不取非己之财"的告诫牢记于心。后来我在《赤壁赋》中这样写道:夫天地之间,物各有主,苟非吾之所有,虽一毫而莫取。

第五幕 家齐,国治,天下平

小廉 家是最小国,国是千万家。以廉齐家,以德齐家,而后家齐、国治、天下可平。

旁白 齐家,是孔子的"不学诗,无以言;不学礼,无以立"(孔子上台);是陶氏家族的"不为五斗米折腰"(陶侃上台);是苏轼的"苟非吾之所有,虽一毫而莫取"(苏轼上台)。

(孔子、陶侃、苏轼上台围住小廉,互相作揖)

旁白 小廉,快点快点,成人礼要开始啦!

小廉 嗯! 那我们快走吧!

旁白 成人礼第一项:朗诵《礼记·大学》。(众人齐声朗诵:"古之欲明明德于天下者,先治其国;欲治其国者,先齐其家;欲齐其家者,先修其身;欲修其身者,先正其心;欲正其心者,先诚其意;欲诚其意者,先致其知,致知在格物。物格而后知至,知至而后意诚,意诚而后心正,心正而后身修,身修而后家齐,家齐而后国治,国治而后天下平")

小廉 家齐而后国治,国治而后天下平!

旁白 成人礼第二项:歌唱《国家》。(前两句独唱,后两句齐唱)

创作来源

论语(节选)

陈亢问于伯鱼曰:"子亦有异闻乎?"对曰:"未也。尝独立,鲤趋而过庭。曰:'学诗乎?'对曰:'未也。''不学诗,无以言。'鲤退而学诗。他日,又独立,鲤趋而过庭。曰:'学礼乎?'对曰:'未也。''不学礼,无以立。'鲤退而学礼。闻斯二者。"陈亢退而喜曰:"问一得三,闻诗,闻礼,又闻君子之远其子也。"

子谓伯鱼曰:"女为《周南》《召南》矣乎?人而不为《周南》《召南》,其犹正墙面而立也与。"

译文

陈亢问伯鱼:"你(在你父亲那里)听到过不同的教诲吗?"伯鱼回答说:"没有。有一次我父亲曾独自站在庭院中,我快步跑过,父亲说:'学诗了吗?'我回答说:'没有。''不学诗就不会讲话啊!'我便退下来学诗。另一天,父亲又独立院中,我又快步跑过,父亲问:'学礼了吗?'我回答:'没有。''不学礼就无法立足于社会啊!'我便狠下心来学礼。只听到过这两次教诲。"陈亢听完高兴地说:"我问了一个问题,却得到三个收获,听到了学诗的道理和学礼的道理,还听到了君子对待自己的儿子不与别人有异的事情。"

孔子对孔鲤说:"人假若不研究《诗》中的《周南》《召南》,就会像面对墙壁傻站着一样,什么也看不见,一步也行不通。"

晋书·陶侃母湛氏传(节选)

[唐]房玄龄

陶侃母湛氏,豫章新淦人也。初,侃父丹娉为妾,生侃,而陶氏贫贱,湛氏每纺绩资给之,使交结胜己。侃少为浔阳县吏,尝监鱼梁,以一坩鲊遗母。湛氏封鲊及书,责侃曰:"尔为吏,以官物遗我,非唯不能益吾,乃以增吾忧矣。"

译文

　　陶侃的母亲湛氏是豫章新淦人,早年被陶侃的父亲纳为妾,生下陶侃。陶家穷困,湛氏每天辛勤地纺织供给陶侃日常所需,让他结交才识高的朋友。陶侃年轻的时候当过浔阳县衙的小吏,曾经掌管渔市的交易。有一次他派人送给母亲一条腌鱼,湛氏将腌鱼退回,并且写信责备陶侃说:"你身为官吏,假公济私把官家鱼拿来送给我,这不但不能让我高兴,反而会增加我的忧愁。"

记先夫人不发宿藏

[宋]苏轼

　　先夫人僦居于眉之纱縠行。一日,二婢子熨帛,足陷于地。视之,深数尺,有一瓮,覆以乌木板。夫人命以土塞之,瓮中有物,如人咳声,凡一年而已。人以为有宿藏物,欲出也。夫人之侄之问闻之,欲发焉。会吾迁居,之问遂僦此宅,掘丈余,不见瓮所在。其后吾官于岐下,所居古柳下。雪,方尺不积雪,晴,地坟起数寸。吾疑是古人藏丹药处,欲发之。亡妻崇德君曰:"使先姑在必,不发也。"吾愧而止。

译文

从前我母亲租住在眉县的纱穀行。一天,两个婢女正在熨帛,忽然一脚踏空,脚陷进了地里的一个大坑里。拔出来后,大家都觉得奇怪,便往下挖掘,向下挖了好几尺,发现了一个大瓮,瓮上覆盖有一块乌木板。母亲知道了,连忙命人用土把坑给填上了。那之后,从地下总能传出像是人咳嗽的声音,如此经过了一年才渐渐消失。人们都认为这声音是那瓮里从前藏着的东西想要出来。母亲的侄子名叫之问的,听说这事后便想要挖出来瞧个究竟。当时正赶上我们搬走,于是之问便租下了那宅子,可他一连向地下挖了一丈有余,却怎么也找不到那个大瓮。后来我到岐下任职,住所有一棵古柳。下雪时,柳下有块一尺见方的地方却不积雪,天晴后,那块地上鼓起数寸。我怀疑这是古人埋葬丹药的地方,想挖开看看。我妻子崇德君(苏轼之妻王弗)说:"如果婆婆还活着,肯定不会挖掘的。"我因此惭愧地打消了这个念头。

创作感想

"儒家思想的廉洁家风故事"是我们小组前期讨论主题时定下的基调,为了更好地体现剧本逻辑,我们小组按照时间顺序搜集家风故事,了解到了孔子、陶侃、苏轼的故事。开篇将故事的地点定在孔庙,并且结合《论语》中的典故，以即将成年的"小廉"的视角带观众一起回到两千年前孔子教导孔鲤的现场。通过故事，观众体会到了"君子之远其子也"的操守。不给其子开小灶，这也是一种廉洁。

提到"廉洁"，我们不禁会联想到"不为五斗米折腰"的陶渊明先生，想到他这种崇高品质从何而来，那必然和他们家的廉洁家风脱不开关系。于是，我们小组抓住陶渊明的高祖母湛氏"封坛退鲊"的佳话，通过演绎情景剧和朗诵诗歌的方式，展现陶母的高尚品质。

宋代的三苏父子，道德文章，堪称楷模。苏氏一门人才辈出，在中国文学史上留下千古佳话，同时也揭示了古往今来家道兴盛的文化密码，即良好的家风家教的重要性。家风对苏轼的影响极大，从政后的苏轼，无论是在政治上跌入低谷，还是在生活中陷入困境，都能始终做到为政清廉，对富贵名利泰然处之，这与其早年接受的家庭教育是密不可分的。我们也希望能够通过这样更为轻松有趣的表现形式，使得苏家清正廉洁的优良家风能够更加深入人心。

通过创作，我们认识到"齐家"不仅是一个古老而深刻的理念，也是一个永恒而现实的话题。无论在哪个时代哪个领域，我们都该以"齐家"为目标做好自己的本分，做一个有道德、有能力、有担当、有责任感的人。

教师评价

　　这组同学敢于尝试，具有极强的创新意识与能力。不同于只选择一人作为廉洁家风的主人公的组，这组的剧目涉及了三位文人。除此之外，本剧以一位即将十八岁的学生——小廉参加成人礼的故事展开廉洁家风剧场表演。第二幕"过庭之礼"点名"齐家"是在读书之前要先修身，第三幕"封坛退鲊"则以陶母与旁人的对话丰富"齐家"的含义，第四幕"苏母埋瓮"完善"齐家"的深义。最后一幕深化齐家、治国、平天下三者的联系，家是最小国，国是千万家。以廉齐家，以德齐家，而后家齐、国治、天下平。每一幕的黏合性都很高，从演员们的表演中，我看出了他们对人物的独特认识，歌曲的加入使得剧场表演更加丰富多彩。

梁晓凤　胡盼娜

《廉洁之风古道来，齐家玉骨今依在》小组表演剧照

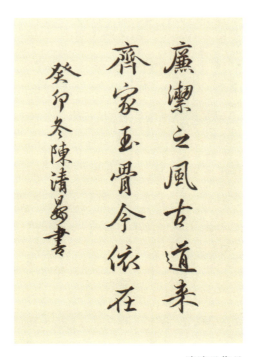

陈清晏作品

"半鸭知县"古来殊,为政清廉举世无

丁宁　徐乐楠 等

剧情梗概

中秋节前夕,于成龙的儿子带着一只腊鸭前去探望远在广西为官的父亲,并请父亲告假回乡探望病危的祖母。怎知为官多年的父亲却住在狭小破旧的屋内,甚至没有盘缠返乡,只得靠半只腊鸭一路风餐露宿回到了家乡。于成龙的同窗县令钱能听说这件事后编了首打油诗来嘲笑他,于儿无意间听到这首打油诗并遇上了正在宴请宾客的钱能,于是上前想要讨个说法,却反被钱能嘲讽。愤怒又羞愧的于儿回到家中,询问父亲其为官却一生清贫是否值得,父亲的回复使他感到无奈与不解。这时家仆上前安慰,和他说起了于成龙曾经的故事:清顺治十八年(1661),罗城县饱受战火纷扰,满目疮痍,而于成龙执意前去赴任,每日累土为桌、伏地即食,在如此困境下于成龙始终积极整顿治安、救济百姓,将自身私利置之度外,罗城县的社会生活也得以逐渐恢复。听闻父亲的事迹后,于儿为之前质疑父亲再次感到羞愧并开始理解、支持自己的父亲。于成龙逝世后,百姓皆痛哭流涕。康熙皇帝感念其廉洁奉公,谕称其为"天下廉吏第一"。

剧情人物

于儿、于成龙、小孩 1、小孩 2、宾客 1、宾客 2、钱能、家仆、友人、康熙皇帝、百姓 1、百姓 2

第一幕　千里探父

（两把椅子在台侧，于儿背包袱）

旁白　中秋节快到了，祖母却躺在病床上奄奄一息，于成龙的儿子决定前去探望远在广西为官的父亲，请父亲告假回乡探望祖母。经过长途跋涉，他终于到了父亲所在的县城，看到百姓安居乐业的模样，他十分开心。然而，当他走到父亲家门口时，他却愣住了。

于儿　（左右张望，怀疑的眼神，小声嘀咕）父亲在此治理有方，应当有功，怎会住在如此狭小简陋的地方！

于儿　（敲门）父亲，您在吗？

于成龙　（前来开门，看到儿子很惊讶）儿啊，快进来，你千里迢迢来此，是为何故？

于儿　父亲，我来陪您过中秋节。祖母病重，还想请您回去探望她老人家！

于成龙　（惊讶悲痛状）唉！我在外为官多年，不曾为家人做些什么，如今母亲病重，我却浑然不知，真是不孝啊。

于儿　（小心翼翼）父亲，我刚刚来时看到县城百姓都生活富足，为何您这里却……

于成龙　（挥手制止）"为政以德，譬如北辰，居其所而众星拱之"，"为政以德"啊……我的生活不必优渥，百姓幸福就是我最大的幸福了。

第二幕 共食腊鸭

（两把椅子在台侧）

旁白 中秋节很快就到来了,于成龙的儿子在父亲的住处等待父亲归来。

于儿 （开心）父亲,您辛苦了,我从家乡带了一只腊鸭,咱们好好过一个中秋吧!

于成龙 （开心）好,好啊!

第三幕 启程返乡

（于成龙、于儿都背着包袱）

旁白 中秋之后,于成龙告假,启程返乡,因为盘缠不够,住在路过的寺庙里。

于儿 （疲惫、不解）父亲,您为官这么多年,难道没有收入吗? 我们就要这样风餐露宿地走四千里吗?

于成龙 （无奈、微笑）上次过中秋,不是还剩下了半只腊鸭吗,咱们就靠它了。

第四幕 孩童嬉笑

旁白 回到家乡后,于成龙的儿子到街上买东西。

小孩1、小孩2 (摇头晃脑、嘻嘻哈哈地念打油诗)你我同朝为知县,你吃腊鸭只半只。破屋旧舍难入目,真在人前丢脸面。

于儿 (不经意路过,被打油诗吸引,站住侧耳听,皱眉问)噫! 儿何闻之?

小孩1、小孩2 (嬉笑打闹,指了指一个方向)汝闻之!

第五幕 同僚嘲笑

于儿 (快步走,听到鼓乐声,在钱府门前停下脚步,看见钱能在迎宾,小声嘀咕)此非余父同窗钱县令耶?

(宾客二人拎了一只腊鸭,谄媚地笑)

宾客1 贺钱县令衣锦还乡!

宾客2 钱县令荣归故里,又修钱宅,置此盛宴,不知何以为贺,只以腊鸭赠之。

钱能 (嘲笑)多谢诸位前来庆贺! 各位尽情吃喝,余半只腊鸭即可,哈哈!

宾客1、宾客2 (对视一笑、嘲讽)哈哈,县令这是在学习我们那"博学多才"的于成龙于贡生呀!

钱能 (嘲讽)唉! 我怎能和于兄相比呀! 他清正廉洁,我可不受百姓欢迎啊!

（众宾客大笑）

于儿 （甩袖走到钱能面前）钱大人安好，我刚刚在街上听到一首和我父亲有关的打油诗，是出自您之手吗？

钱能 （嘲讽）冤枉啊！我岂敢编排于大人呐！我只听说您二位刚从罗城赶回来，风餐露宿，这里有整只腊鸭，不如捎回去给你父亲补补身子，您请！

旁白 于儿受了嘲讽，愤愤不平地被请出钱府。

第六幕 父子争论

（桌子置于舞台中间，碗、筷置于桌上）

于儿 （羞愧又懊恼地推开家门，看见于成龙正在吃糙米饭和青菜）父亲，我刚刚经过钱府，他们刚修了豪宅，正在大摆宴席，而您却在吃糙米青菜，您这样当官，真的值得吗？

于成龙 （平静）我只身天涯为官，不做交际馈遗之事，故生活清苦、四壁萧然。更何况此乃大灾之年，怎能只顾自己大鱼大肉？

于儿 （叹气，不理解，向边上的家仆抱怨）父亲外出为官多年，未曾积累一分家产，连我们前几日返程的食粮都是我去时带的腊鸭，还被父亲的同窗嘲笑，这不值得啊！

家仆 （安慰）少爷，罗城连年大旱，民不聊生。以往的县官往往尸位素餐、无心治理，老爷上任后，将自身私利置之度外，先天下之忧而忧，您要理解老爷的辛苦啊！

第七幕 远赴上任

（古筝弹奏《送别》）

旁白 清顺治十八年，于成龙受到朝廷的委派，到广西罗城县任县令。

友人 （苦口婆心）成龙啊，听说罗城地处偏僻、地势险峻，且生活艰苦、局势不稳，很难治理，你真的执意要去吗？

于成龙 （背上行囊）某此行，绝不以温饱为念。所自信者，"天理良心"四字而已！

旁白 罗城县满目疮痍，于成龙一行人寄居在关帝庙里，在院子里垒土为案，每天蹲在地上吃饭。不久，随从仆人大半染疫疠而死，剩下的也告归而去，只剩于成龙孤身一人。

（于成龙写信件，友人在舞台另一侧）

友人 （捧起书信）"万里惟余一身，生死莫能自主，夜枕刀卧，床头树二枪以自防。"唉，成龙此去甚是艰辛，唯愿其身体无恙，唯愿其坚守本心！

第八幕 勤政爱民

（家仆送信）

旁白 在如此困境下，于成龙仍坚持勤政爱民。他采取与民休息的政策，上书朝廷减轻当地百姓徭役负担。同时，兴建学校、养济院，以教化、救济百姓。罗城县的社会生产生活得以逐渐恢复。

家仆 少爷,老爷来信了!

(于儿看家书)

第九幕 第一廉吏

(古筝、琵琶合奏《渔光曲》)

旁白 (百姓痛哭流涕)于成龙逝世后,百姓皆痛哭流涕。康熙皇帝亲自为其吊唁。

康熙皇帝 (含着泪)朕的股肱之臣,两江总督于成龙鞠躬尽瘁,朕痛心不已呀!二十三年的为官之道,值得诸位爱卿借鉴。国家澄叙,首重廉吏,其治行最著者,尤当优加异数,以示褒扬。

旁白 (古筝、琵琶合奏《双面燕洵》)于成龙,操守端严,苦节克贞,朝野唯尔,真一芥之弗取,越数官而弥坚。清风未远,长存表德之思。宠恤重颁,丕著旌贤之典。于成龙,居官清正,实乃天下廉吏第一。

百姓1、百姓2 半鸭知县古来殊,为政清廉举世无。倘使官员皆若是,黎民安泰乐斯乎。倘使官员皆若是,黎民安泰乐斯乎!

创作来源

"半鸭知县"于成龙：廉能兼备兴国事

荆门市妇联

清顺治十八年（1661），45岁的于成龙来到广西罗城当知县，看到罗城县百姓日子过得艰难，心生怜悯，暗暗发誓要做个好官，让罗城百姓安居乐业。

一年中秋，他的儿子从家乡山西来请于成龙告假回乡看望病重的祖母，可他看到父亲面露菜色、身形消瘦，一点都不像当官的样子。但是于成龙丝毫不在意，反而很高兴地把儿子从家乡带来的腊鸭分出来吃了一半，就算是过了中秋节。

中秋之后，于成龙获准回乡看望病重的老母亲。因于成龙在罗城为官从不搜刮民脂民膏，日子过得清贫。乡亲们知道他要回乡看望老母亲，纷纷筹钱给他当盘缠，但是他却一文钱都不肯收。

在回乡的路上，没有盘缠，他和儿子就靠着剩下的半只腊鸭回到山西。回到家乡之后，昔日同窗居然写了一首打油诗嘲笑他，但是于成龙却不以为意，反倒是这首打油诗让老百姓深受震动，从此以后称于成龙"半鸭知县"。

于成龙不仅是一个清官，在二十余年的官宦生涯中，他辗转任职多地，曾三次被举荐为"卓异"，表现出超强的治理能力。

康熙十三年，于成龙署理武昌知府，主持政务。时值三藩叛乱，吴三桂派部将到湖北制造暴乱，加之当地官员举动失措，激发民变，局面大乱。于成龙广发安民告示，疏导百姓归家，缓和事态，还只身进入乱民聚集的山寨中说降，不到一个月便平息民变。随后调任黄州知府，当时黄州民变四起，多支盗贼拥兵数千，互相声援，声势远超武昌。官员纷纷主张弃守,于成龙力排众议,表示决不放弃黄州,并组织乡勇主动出击,大获全胜。二十四天内平定民变,稳定了黄州的局势。

恰如其为福建按察使时,福建巡抚对他的考评是"廉能第一"。

于成龙去世后,"士民男女无少长,皆巷哭罢市",灵柩归葬之日,江南百姓数万人,步行相送二十里。"为政以德,譬如北辰,居其所而众星拱之。"于成龙的人格、精神,如同北极星,永远光照史册,垂范后人。

创作感想

"半鸭知县"于成龙向我们很好地展示了何为"廉洁",于成龙对儿子身体力行的教导也体现着一种优良家风的传承。正所谓"倘使官员皆若是,黎民安泰乐斯乎",于成龙真无愧于"天下廉吏第一"的美名!那我们又能从这位"半鸭知县"的故事中学习到什么呢?我们小组认为,能学习到一种"真一芥之弗取"的廉洁,一种"越数官而弥坚"的坚定。我们未来将扎根于三尺讲台,承担起教书育人的责任,也应当恪守本心,承于公清白之志,扬于公廉洁之风,行于公仁义之举,不断在教育教学过程中,引导学生学习廉洁、崇尚廉洁、践行廉洁!

教师评价

　　感谢这组同学给我们带来的精彩表演！

　　这次的主题是"廉、家风"，从同学的演绎中我们知道了很多清廉志士的廉洁故事。但我们一定想不到于成龙的廉洁能达到何种程度。从"屑糠杂米为粥，与同仆共吃"到"日食粗粝一盂，粥糜一匙，侑以青菜，终年不知肉味"，一个历任显要官职的大人物，去世时，除了一身官服，什么都没有。平常人或许都做不到三天不吃肉，更何况他还是一个职位较高、俸禄较多的官员。他的一生，鼓励百姓生产，振兴乡村；他把自己的俸禄用来救济百姓，自己却清贫度日。也难怪他深受百姓爱戴，美名传扬四方。这组同学将其子不理解父亲清廉的两次羞愧演绎得十分完美，给观众展现了廉洁清正的于家家风。纵观历史，廉洁奉公的官员数不胜数，但被皇帝评价为"天下廉吏第一"的也只有于成龙一人，可见其廉洁程度。如果当代为官者都能像于成龙一样，从百姓幸福生活出发，坚守为官初心，那么官民之间也将会有情、有深情、有无法割舍的情。

梁晓凤　池唯嘉

《"半鸭知县"古来殊,为政清廉举世无》小组表演剧照

黄雨歆作品

《朱子家训》与《曾国藩家书》

——最美家训之辩 　　　　　孟佳颖　徐乐楠 等

剧情梗概

　　某卫视举办了一场辩论赛,正方观点为《朱子家训》是最美家训,反方观点为《曾国藩家书》是最美家训。本剧通过两队激烈的辩论,对《朱子家训》与《曾国藩家书》进行深入的分析与解读。

剧情人物

主持人、正方一辩、反方一辩、正方二辩、反方二辩、曾国藩、曾纪泽、正方三辩、反方三辩

第一幕 辩论赛开场

主持人 (面对观众)欢迎大家在星期三下午准时收看我们的节目。今天我们辩论赛的主题是"最美家训"。所谓家训,是家族长者对子孙后代在忠孝节义、礼义廉耻各个方面的教诲,其对个人品德和价值观念的养成发挥着重要的引领作用。那么,在中国家训史上最著名的两篇家训——《朱子家训》和《曾国藩家书》究竟谁是"最美家训"呢? 接下来,让我们欢迎今天的正反双方的辩手们上场——

(上场音乐、观众掌声)

(正方、反方六位辩手上场,微笑向观众挥手示意,分别落座于舞台的左侧和右侧)

第二幕 陈述立论

主持人 双方选手请就座,我宣布本次辩论赛正式开始。首先请双方一辩陈述己方观点。

正方一辩 我方认为《朱子家训》是最美家训。我方总结了《朱子家训》作为最美家训的三个有力证据。《朱子家训》第一个特点就是白话直说。家训教的都是刚刚启蒙的小孩,必须白话直说,让孩子一听就懂一学就会。第二个特点是浅记易行。我们现在的教育的一个很大的缺失,就是忽略了儿童教育的特点,没有从最基本的方面着手。而《朱子家训》中所倡导的行为、意识都是从小处着眼,让儿童也能明白其中的道理,可谓以小见大。第三个特点是立意高远。家训是为了培养一个人的人格和志向。所以真正好的家训要有大格局,要致力于培养子孙后代树立远大理想和目标。所以我们把《朱子家训》作为最美的家训,就是因为它浅白、易行,而且有大格局。

反方一辩 我方认为《曾国藩家书》是最美家训。《曾国藩家书》,只用一句话来介绍,那就是"坊间流传千古第一家训"。我方同样总结了《曾国藩家书》的三个特点。第一个特点是文辞优美。曾国藩把白话雅说说到了极致。它的文辞美包括:语言内容深刻,语言表达雅致,语言总结凝练。第二个特点是格局优美。《曾国藩家书》中有"人生八样根本",其中既有大局上的归理之处,又有细节上的中微之处,两手抓,两手都硬。这是父母能给孩子的人生智慧。第三个特点是育人优美。中国古代的家庭教育中最讲究的便是让孩子从小树立人生应有之格局。所以《曾国藩家书》说"不能不趁三十以前立志猛进也",其目的是在培养子孙的内心价值和精神追求。所以我们把《曾国藩家书》作为最美的家训,是因为它文辞优美、格局优美和育人优美,它足够美。

第三幕 攻辩环节

主持人 感谢双方一辩精彩的陈词。接下来我们进入"攻辩环节",请双方
二辩进行攻辩。

正方二辩 反方一辩刚才说到《曾国藩家书》中有格局之美,说其中的"八
本",既有大局上的归理之处,又有细节上的中微之处,这点我
们同意。但是,"八本"具体是指:读书以训诂为本;作诗文以声
调为本;事亲以得欢心为本;养生以少恼怒为本;立身以不妄语
为本;居家以不晏起为本;做官以不要钱为本;行军以不扰民为
本,这似乎都在讲把握细节,那大局又体现在何处呢? 请反方
二辩回答。

反方二辩 我方所讲的大局之美,主要指的是父母所给予孩子的家庭教育
智慧和人生智慧,意思是"我的孩子能靠我得到的人生智慧,让
他在没有我陪伴的时候,依旧能获得人生的成就和温暖"。而
《曾国藩家书》在这一点上做到了格局之美。不信的话,请看小
剧场。

小剧场一

旁白 曾纪泽三次参加科举不第,从此绝意于科考。

曾纪泽 (作揖)父亲,儿子已落榜三次,想来是不适合科举,故绝意于科考。

曾国藩 (叹了口气)凡人多望子孙为大官,余则不然。既你已不愿科考,我
也不勉强,便如你所愿吧。只是切记,仍要照常读书,不做悻悻
之态。

曾纪泽 (抬起头)儿子自然省得。如今我朝内忧外患,我想学习西方的社

会学、语言学。

曾国藩 (捻着胡子,微笑)好,既然你有打算,我便放心了。

旁白 曾纪泽最终成长为一名优秀的外交家,在出任驻英、法大臣期间,深入了解各国历史、国情,研究国际公法,考察西欧诸国工商业及社会情况,签订《中俄改订条约》,收回伊犁特克斯河流域土地及部分利权。

反方二辩 正方一辩说到白话直说。针对这一点,我有自己的意见。直说的白话就是父母教训你的"太阳晒屁股了还不起床""没手机是不是吃不了饭""怎么还没带男朋友回来"这些,这些才叫白话,才算直说。所以"白话直说"这一观点是不成立的,《朱子家训》其实是"白话雅说",但"白话雅说"却是《曾国藩家书》更胜一筹。

正方二辩 我方所说的白话直说,不是"俗白"而是"明白",指的是《朱子家训》的语言符合儿童的认知特点,使儿童能够轻易地理解和实践。反观《曾国藩家书》,则太深奥难懂,不符合儿童的认知发展规律。

小剧场二

(书房,曾国藩端坐在书桌前,曾纪泽垂手站在曾国藩旁边)

曾国藩 (翻着手里的纸稿)近来看了哪些书?

曾纪泽 (偏过头)仍旧是《尚书》。

曾国藩 (抬头看着曾纪泽)我看你做的文章,仍有些《经义述闻》的影子。前日我已说过,恐你年纪尚小,反被扰乱了性情,怎么如今仍旧在读?(有点生气)

曾纪泽 (头埋得更低)儿子、儿子观此书颇有见地,遂不忍割舍。

曾国藩 哦?(神情玩味)那你细细说来,对此书有何见地啊?

曾纪泽 (抬头来)我最爱此书有关《诗经》的注解。三言两语,却有一通百通之感。

曾国藩 (用手点点曾纪泽)我看你文章里所述,分明还不大通王引之的意思,更不要谈《诗经》的本义。若你将"四书""五经"熟读而深思之,略作札记,以志所得,以著所疑,则欣欣快慰,夜得甘寝,此外别无所求矣。至于《经义述闻》,几年后便能通晓其真意了。

曾纪泽 (作揖)儿子晓得了。

第四幕 总结陈词

主持人 前面正反两方均根据自己的观点进行了精彩的辩论。接下来我们再来听一听双方三辩的总结。

正方三辩 今天我们辩论的主题是"最美家训",所以我们要从"最美"说起。我们的三个关键词,第一个是直白,第二个是易行,第三个是立意高远,《朱子家训》全具备了,就像其中"一粥一饭,当思来处不易;半丝半缕,恒念物力维艰"这种朗朗上口又立意深远的话,就是《朱子家训》"美"的最好证明。我们的主题不是"最丰富的家训",也不是什么"最高端的家训",是"最美的家训",因此《朱子家训》是当之无愧的。

反方三辩 大家都知道,中华民族近代史上有一个被列强瓜分的时期。那时,许多仁人志士都学习《曾国藩家书》,正是因为其中有人类的终极追求——真善美。有真有善很简单,但其中的美是文辞、格局、育人之美,包含了文明的延续和族群种族的希望。中华文明延续至今的动力和生命力是什么?就是它内在的这种价值凝聚力。所以我想用这样一句话来总结,那就是文正公的

"自利利人，自达达人"，我们要教育好自己，教育好子弟，教育好身边的人。

创作来源

朱子家训（节选）

[清]朱柏庐

黎明即起，洒扫庭除，要内外整洁；既昏便息，关锁门户，必亲自检点。一粥一饭，当思来处不易；半丝半缕，恒念物力维艰。宜未雨而绸缪，毋临渴而掘井。自奉必须俭约，宴客切勿流连。

译文

每天早晨黎明就要起床，先用水来洒湿庭院内外的地面，然后扫地，使之整洁；到了黄昏便要休息，并亲自查看一下要关锁的门户。对于一顿粥或一顿饭，我们应当想着来之不易；对于衣服的半根丝或半条线，我们也要常念着这些物品的产生是很艰难的。

凡事先要准备，没到下雨的时候，要先把房子修补完善，不要"临时抱佛脚"，到了口渴的时候，才来掘井。自己生活上必须节约，聚会吃饭切勿流连忘返。

创作感想

家风由家训家规而来,它就像树的根系、河的源头,深刻地影响着家庭的每个成员。曾氏家训家风一代传一代,曾国藩的后人中,可圈可点的杰出人才达几百人,他们遍布外交、文化、军政、医学、科研、艺术等行业。明末清初朱柏庐编写的《朱子家训》,字虽寥寥数百,却通俗易懂,堪称儒家的经典之作。其家训不仅表达了正确的治家之道,还蕴含了深刻的做人和育人之理,几百年来,为世人所重。这两者各有千秋,于是我们组用辩论赛的形式从多个角度进行比较,发现两者各有独特的价值,同时还还原了曾国藩和儿子曾纪泽的沟通交流情景来帮助大家理解家训的内涵。在创作的过程中,我们对于《朱子家训》和《曾国藩家书》的优点和不足都有了更深的理解,相信能帮助大家更好地传承家训文化,取其精华、弃其糟粕,弘扬立德树人的精神。

教师评价

谢谢这组同学精彩的演绎!跟随着正反双方辩手的论述,我们在"陈述立论"环节了解了《朱子家训》和《曾国藩家书》的内容及其独特价值;在"攻辩环节"深入了解了二者的"大局美"。家训就是治家之道,在中国家训史上,清代的《曾国藩家书》卷帙浩繁,内容非常丰富,而《朱子家训》不过短短数百字,却是知行合一的典范,这也使之成为与《曾国藩家书》并驾齐驱的存在。家是最小国,国是千万家,一个家的家训之所以能传承下来是因为它具有的极大价值,所以面对这些经典的家规家训,我们不但要抱着学习的心态去学,还要反省思考,让这些经典变成一口活泉,源源不断为当今社会提供前进的动力。

梁晓凤　胡盼娜

《〈朱子家训〉与〈曾国藩家书〉——最美家训之辩》小组表演剧照

秀干终成栋，精钢不作钩

王梦婷　徐乐楠 等

剧情梗概

　　包拯是北宋时期的名臣，以廉洁公正、不附权贵、铁面无私、敢于替百姓申不平闻名，素有"包青天"及"包公"之名。后世将他奉为神明崇拜。包拯曾奉行"廉者，民之表也；贪者，民之贼也"，并躬身力行，教之于后代，订立了家训以示后人。本剧以寿宴送礼为背景，讲述了父子二人面对收礼一事而回忆起包拯拒礼的故事，并对清廉家风进行探讨。

剧情人物

父亲、儿子、客人1、客人2、包拯、包贵、太监、王朝、马汉

第一幕 逢寿辰小儿误收礼，读字画老父忆包公

(父亲接了一个电话，匆匆要出门)

儿子 (拉住父亲)爸！等等！今儿是您五十岁生日，儿子记得可清楚了，先祝您生日快乐！

父亲 不愧是我儿子，真孝顺，今晚等我回来，咱家三人一起吃顿团圆饭。

儿子 今天没有别的安排了吗？是您的生日……

父亲 简朴点也不错，为官要清廉正直，工作是这样，生活里也一样。儿子啊，我要出门工作了。(夹着个公文包)待会儿若有客人来访，你可要好好招待他们，但是有一个原则，客人送的礼物可千万不能收下！

儿子 好，您说的我知道了。

(儿子在客厅走来走去，响起敲门声)

客人1 (敲门)包局长在吗？是我，小王啊，局里新来的！听说今日是您五十大寿，这不捎来了刚钓上来的大闸蟹，请您尝尝鲜。

儿子 (开门)不好意思，我父亲出门了，您的心意我们心领了，东西您就拿回去吧。

客人1 这么多大闸蟹我拎回去也不太方便，还是收下吧。

儿子 这是父亲的意思。

客人2 哎呀，大家怎么都杵在门口呀，这包局长五十大寿，还不一起喜庆喜庆！

儿子 这不是黄阿姨吗？

客人2 你父亲不在家？

儿子 是的，父亲他刚刚出门了。

客人2 那正好，这红包你先收着。(突然严肃)这可是上头给的，市长可亲

口嘱咐我交给包局长的,可不能不收啊!

儿子 (犹豫一会儿)那好吧……我就暂且收下了。

(儿子回到客厅,来回踱步,中午父亲回来了)

儿子 (站起来迎接)爸,有个事情……

父亲 (看了看桌上的红包,面色大变)你怎么就收下了呢?

儿子 可人家说是上头给的,我收也不是,不收也不是,只好等您回来再说。

父亲 (指着墙上的字画)你读一遍。

儿子 清心为治本,直道是身谋。秀干终成栋,精钢不作钩。仓充鼠雀喜,草尽狐兔愁。史册有遗训,无贻来者羞。

父亲 这是我们的先祖包拯大人的诗,我给你讲一个故事吧……

第二幕 官吏赠礼长歪气,包拯正心拒圣恩

旁白 宋仁宗时,官员间常以送礼增进往来,朝廷上下腐败之风盛行。包拯一身清正,多次上书皇帝,恳请皇帝禁止这种官员间相互赠礼的行为,以竖朝廷清廉之风气。今日是包拯六十大寿,他正打算去衙门断案。

包拯 看来圣上还是未看进老臣所言,这官场上下人人都送礼收礼,腐败无度,岂有此理! 唉,包贵,来!

包贵 父亲今日大寿,应该开心才是,怎的似有郁结? 您有何吩咐,儿定会尽力去做。

包拯 今日你和王朝、马汉在衙门口等候，寿礼一概不收，执意要送的，让他说明理由，事后你们禀告于我。

包贵 儿知晓了。

（包拯退后，办公，包贵、王朝、马汉三人守在衙门口）

太监 包大人可在衙内？

包贵 父亲正在里面办公，不知公公今日前来有何要事？

太监 包大人平日为官清廉，政绩显著，今日六十大寿，皇上特赐绸缎两匹、玉器若干以犒劳。

王朝 这，可包大人有令，任何人的寿礼都不得收下。

太监 这可是圣上的赏赐，尔等岂敢违背？

马汉 圣上之礼不得不收，可包大人之命也不敢违，我们该如何是好？

包贵 劳烦公公将送礼的缘由写下，我好转交给父亲。公公在此稍等片刻。

太监 那倒也好。（写送礼缘由）

（包拯在官衙内整理案卷，包贵上前）

包贵 父亲，儿有事禀报。

包拯 何事？

包贵 皇上赐下绸缎玉器等物，儿不知如何解决，于是请公公写下缘由，父亲请看。

包拯 （接过红纸）德高望重一品卿，日夜操劳似魏徵。今日皇上把礼送，不收奇礼理不通。（沉思再三，提笔写下几行大字）包贵，将这张纸转交给公公。

包贵 是，父亲。（拿走纸，来到太监面前）

马汉 公公久等，请看包大人的答复。

太监 为国为民来尽忠，做官从来不居功。操劳本是分内事，何劳皇上把礼送！好，好你个包拯！我这就回去禀告圣上。（离开）

（王朝、马汉退场，包拯、包贵走到台中间）

包拯 清心为治本，直道是身谋。秀干终成栋，精钢不作钩。仓充鼠雀喜，草尽狐兔愁。史册有遗训，无贻来者羞。

包贵 父亲教育的是。

包拯 为官之道应该清心寡欲，走正道方能养性修身。羊舌鲋身为代理司马，不能清廉为官反而贪赃枉法，最后不就落得死后弃尸于市的下场，永远地被钉在了耻辱柱上面吗？你看，史书里的记载早就告诉我们：要端正自己，别做让后代蒙羞的事情！

（包拯、包贵、父亲、儿子共上台朗诵包拯的《书端州郡斋壁》）

第三幕 论廉洁家风

父亲 做官尽职尽责是本分，是应该的。如果人人都收礼，那么这样的风气便会被助长，那些恪守本分、坚持正道的人又算什么呢？

父亲 秀干终成栋，精钢不作钩。

儿子 （重复）秀干终成栋，精钢不作钩……

父亲 儿子，好的钢铁不愿意被弯曲做成铁钩，好的木材终会被发现来用建造大厦。只有坚持端正的思想、知行合一，才能行得正站得直。你父亲我今日若是收下了这份礼，便会羞愧终生，无颜去见先祖包大人呀！

[背景逐渐显示以下文字：《乞不用赃吏疏》（包拯）：廉者，民之表也，贪者，民之贼也，今天下郡县至广，官吏至众，而赃污摘发，无日无之……]

父亲 廉者,民之表也,贪者,民之贼也。今天下郡县至广,官吏至众,而赃污摘发,无日无之。

儿子 洎具案来上,或横贷以全其生,或推恩以除其衅,虽有重律,仅同空文,贪猥之徒,殊无畏惮。

父亲 昔两汉以赃私致罪者,皆禁锢子孙,矧自犯之乎!

儿子 太宗朝尝有臣僚数人犯罪,并配少府监隶役,及该赦宥,谓近臣曰:"此辈既犯赃滥,只可放令逐便,不可复以官爵。"

父亲 其责贪残,慎名器若此!皆先朝令典,固可遵行。欲乞今后应臣僚犯赃抵罪,不从轻贷,并依条施行,纵遇大赦,更不录用,或所犯若轻者,只得授副使上佐。如此,则廉吏知所劝,贪夫知所惧矣。

旁白 包拯,字希仁,自幼受到良好的教育,对古代圣贤所为十分仰慕,有"竭忠死义"之志。包拯生活勤俭节约,虽然后来官至三司使、枢密副使,但吃穿用度,仍然和刚做知县时一样俭朴。他十分憎恶贪官污吏,曾在《乞不用赃吏疏》中表示,清廉者是人民的表率,贪污者是危害人民的盗贼。对于贪赃枉法者,须严惩不贷,并且永不录用。他还制定了一条家规:后世子孙当官若有犯贪污罪的,在世不准回包氏家族,死后不准葬于包家的祖坟。包拯的后人也都一直恪守此条家训,为官清廉,深受世人的称赞。

创作来源

书端州郡斋壁

[北宋]包拯

清心为治本,直道是身谋。秀干终成栋,精钢不作钩。
仓充鼠雀喜,草尽狐兔愁。史册有遗训,无贻来者羞。

译文

为官之道是清心寡欲,走正道才能养性修身。用好的木材可以建成大厦,好钢铁不能浪费用来打铁钩。仓库充实了就会招来老鼠和麻雀,如果弄得寸草不生,兔子和狐狸也会因为没有粮食而发愁。史书早就告诉我们:别做出让后代蒙羞的事情。

创作感想

中华民族从古至今都对官员的品德有着严格的要求。"一身正气,两袖清风"是许多人推崇的一种模范标准,无论是古时候官员的"人无贪贿可正气",还是当前的反腐败斗争,都告诉我们一个道理:任何人尤其是手上有权力的官员都该做到仰不愧于天、俯不愧于地、内不愧于心。古往今来，有许多美好的品质以家风家训的形式传承到我们身上，古代讲究家国同构，家庭道德可以外为成社会公德，"求忠臣必于孝子之门"也告诉我们家训家风远不止立于家庭。我们将剧本聚焦于包拯，让两对父子展开一场跨越千年的家风家训讨论，让观众在家训中体验廉洁思想，希望注重家庭教育、贯彻廉洁精神蔚然成风。廉洁是一种永恒的美好品质，不仅官员要有，老师亦要有。我们作为明日之师，承担着教育下一代的重要责任，要言传身教、以身作则，在学生心中播下廉洁的种子。

教师评价

　　这组同学用通俗易懂的方式介绍了老朋友的新一面。包拯可谓陪伴大家成长的老朋友了，一提起他我们马上就能想到他的另一个名字——"包青天"。"青天"二字除了能说明他从不判冤假错案，还能说明他的廉洁。宋代有位无名诗人观包公像有感，写下了"龙图包公，生平若何？肺肝冰雪，胸次山河。报国尽忠，临政无阿。杲杲清名，万古不磨"这样的诗句。而在现代也有无数以包公为主题的文学、影视作品，这充分体现了"包公情"自宋代以来便存在于百姓心中，并随着时光的流逝变得愈发真挚。可以说包拯这种"秀干终成栋，精钢不作钩"的精神打破了时空的限制，牢牢刻进了每一个中国人的基因里，也许我们并不能准确地说出包拯的生平经历，但我们心中一定存在一份炽热的感情，存在一份对包拯精神的向往。

梁晓凤　池唯嘉

《秀干终成栋,精钢不作钩》小组表演剧照

巾帼话廉洁，清风徐入怀

董赢赢　徐乐楠 等

剧情梗概

　　中华五千年的浩瀚历史中，从不缺乏女性闪光的身影。从古至今，流传了许多母教子廉、妻阻夫贪的佳话。本剧便以课堂上的廉洁之问展开，借学生小五之口，讲述魏徵夫人裴氏、李畲之母以及马皇后的生平故事，从各朝各代的女性入手，展现她们廉洁高尚的品格。

剧情人物

夫子、学生1、学生2、小五、李畲、李母、令使、仓官、众御史、官员1、魏徵夫人、工匠、官员2、唐太宗、将领、马皇后、朱元璋

第一幕 私塾

（是日，夫子走入私塾，端坐于堂上。学生纷纷起立，作揖行礼）

夫子 （抚须，浅笑）昨日留给你们的功课可有翻阅典籍、仔细琢磨？历朝历代以来的人物里，有哪些可称得上廉洁的？你们不妨各抒己见，互相交流。

学生1 说到廉洁，不得不提到周敦颐与他所作的《爱莲说》。在多年的仕宦生涯中，周敦颐始终正道而行、廉洁自守，就像他所写的莲那样，出淤泥而不染，濯清涟而不妖。

学生2 鲁国丞相公仪休拒鱼的故事也向来为人们所津津乐道，告诫我们要廉洁自律，即使是小恩小惠也不能轻易接受。

（夫子连连点头表示赞赏）

旁白 其他学生都在侃侃而谈，唯有年纪最小的女孩小五犹豫不决，似是不知该不该开口。终于，几番思量后，她下定了决心。

小五 （坚定地站起）夫子，我也查阅到了一些可称廉洁的人物，只不过，她们都是女子。

（其他学生哗然，纷纷向小五投去惊讶的眼光。夫子却点点头，示意她继续说下去）

小五 我要讲的第一位女子是唐代监察御史李畲的母亲，她量廪教子的故事使我感触颇多。

（场景切换至唐代）

第二幕 李母量禀教子

旁白 这天恰是发放官俸之日。

李畲 (对令使道)你们将这些禄米送回家中吧。

(令使将米挑到李家,李母恰巧碰到来送禄米的差役)

李母 (审视一番)慢着,你来量一量这禄米有几石。

(令使放下担子,量了量禄米)

令使 (躬身)回夫人,共四百零三石。

李母 (皱眉)怎么多出三石,这是怎么回事?

令使 夫人,御史官的禄米在过斗时,按惯例是不用刮平斗口的,是以多出了三石。

李母 那运送过来的费用是多少?

令使 夫人,给御史送粮照惯例是不用给运送费的。

李母 (面露愠色)你将多余的禄米送回去,再把相应的运送费用拿去。

(令使照做离开,李畲回到李府)

李母 畲儿,你可知今日发生了何事?

李畲 (躬身)孩儿不知。

李母 今日我叫人量了禄米,平白多了三石,这运送费用竟也没有支付,你觉得其中是否有不妥之处?

李畲 (思索一番)确有不妥。

李母 (语重心长)畲儿,你在朝廷为官,最要讲究的,就是清正廉洁,怎能这般贪图小利,这样下去定会叫旁人抓住错处的。

李畲 (躬身拱手)孩儿知错。

(次日,李畲传唤仓官,并召集众御史判案)

李畬 (严肃)为何给御史送的禄米既不刮平斗口,也不收取运送费用?

(仓官哑然)

李畬 按当朝法律原该治你的罪,从今往后定要一视同仁按照规定行事,万不可再出现此种情形!

(仓官伏法,在场众御史皆面有愧色)

(场景切回私塾)

小五 发放俸禄的仓官故意多发禄米,用官米来编织自己的关系网,这已经成为当时官场的潜规则。所谓身教大于言教,李母量禀无疑为她的儿子提供了立身做人最好的典范。李畬能青史留名,也与其秉性正直清廉的母亲有着很大的关系。

小五 我要讲的第二位女子是唐朝名相魏徵的妻子裴氏。我们都知道魏徵是一位杰出的政治家,他直言不讳,曾提出"薄赋敛,轻租税""居安思危""兼听则明,偏信则暗"等思想,加上为人俭朴,所以一直深受百姓的称道。而裴氏虽贵为宰相夫人,却丝毫没有骄奢淫逸的做派,反而一生廉洁简朴,为后人所赞颂。婚后,她也依旧随丈夫住在旧屋中,每日纺纱织布,毫无怨言。

(场景切换至唐代)

第三幕 魏徵夫人四拒唐太宗

旁白 这天,官员奉唐太宗之命来为魏徵翻新旧屋。

官员1 (进门,向魏徵夫人行礼)陛下听闻宰相房屋破旧不堪、多年失修,特

遣我来为宰相修葺扩建。(招手,工匠进门)

魏徵夫人 (行礼作揖)谢陛下隆恩! 这份好意我们心领了,但是我们住惯
了老房子,华丽大屋住不惯,不需要大修大建。(连忙摆手)

官员1 宰相为国为民做出了如此多的贡献,是朝廷重臣。这房屋破旧,
岂能当宰相的府第?(摆手作揖)

魏徵夫人 (推辞)这都是他应该为陛下和百姓做的事情,况且翻新扩建旧
屋实乃劳民伤财,得不偿失啊!

官员1 (指了指破旧的房屋)宰相平日案牍劳形,退朝居此,岂能好好休息?

魏徵夫人 (摇了摇头)如果突然住进了新房子,他恐怕会不习惯,更不能好
好休息了。

官员1 (一筹莫展,高声地)这是圣旨,不得违抗啊!

魏徵夫人 (无奈地摇了摇头)翻新几间旧房子就好,不必大修大建。

(官员点头同意,工匠上前)

旁白 唐贞观十七年(643),魏徵病重,起不了床。唐太宗派出太医为他
治疗。谁知,太医到魏家一看,简直不敢置信,魏徵盖的被子又破又
旧,根本无法御寒。太医回来向太宗禀告之后,唐太宗立即派人给
魏徵送去了丝棉被。

官员2 (站在门口)陛下听闻宰相身体抱恙,心疼不已,特意让我送来丝棉
被为宰相御寒,希望宰相一定要保重身体,莫要日夜操劳。(其他官
员递上丝棉被)

魏徵夫人 (行礼)谢陛下隆恩!(摆了摆手)他用惯了布被布褥,没有必要添
加丝棉被,还请陛下见谅。(行礼)

(官员欲言又止,摇了摇头,无奈地退下了)

旁白 同年,魏徵病逝,唐太宗亲临吊唁。

唐太宗 (哀痛地)贞观以来,魏徵尽心于朕,进献忠言,安国利民,犯颜直
谏,纠正朕之过失。今魏徵殂逝,朕哀痛欲绝! 魏徵生前一向节

俭,死后决不能亏待,朕定要厚葬魏徵。

魏徵夫人 (掩面拭泪,坚定地)魏徵一生俭朴,葬礼排场太大,与他平生志愿
有违,希望陛下能薄葬魏徵!(跪下行礼)

(唐太宗看着魏徵夫人,难掩悲痛,思索片刻,点头表示同意)

(场景切回私塾)

小五 葬礼结束以后,裴氏也没有去住皇上给盖的新房子,她依旧与儿子
住在原先翻修过的老房子里,过着清贫、淡泊而宁静的生活。魏徵
夫人的拒绝,其实就是对初心的坚持,对外界诱惑的拒绝,这需要勇
气和定力,这也足以证明她是一位值得赞颂的廉洁贤明的夫人。名
相青史留名,贤妻值得敬重。

小五 我要讲的第三位女子则是明太祖朱元璋的发妻马皇后,她也是一位
贤良淑德、清廉节俭的女子,是历史上有名的贤内助。

(场景切换至明代)

第四幕　贤内助马皇后

旁白 话说明朝将领攻克元朝都城之后,将缴获的传国玉玺献给了帝后。

(将领献上玉玺,退下)

马皇后 (凝视玉玺片刻,垂眸道)元朝有此宝物却依旧不能保住天下,这说明
帝王应当拥有的是另一种真正的宝物。

朱元璋 朕明白,皇后所说的真正的宝物是指得到贤能之士的辅佐。

马皇后 如陛下所说,我与陛下同起于贫贱,直到有今天的富贵,却又唯恐

因此而变得骄横放纵。危亡都是起于细微之处,所以希望皇上能得到贤能之士与之共同治理天下。(顿了顿,接着道)法制多变必然滋生弊端,法制滋生弊端,则势必出现奸邪小人;百姓屡遭骚扰则必然会困苦不堪,而民不聊生势必发生动乱。

朱元璋 (赞叹)皇后所说的真是至理之言了。来人,将此话记录于书册。

旁白 又一日,朱元璋与马皇后同坐。

朱元璋 (爱怜道)皇后,朕想找到你的族人并封他们为官,如何?

马皇后 (摇摇头)分封爵禄偏爱外戚之家,并不合乎法度。

朱元璋 皇后如此贤良淑德,让你的族人当官又有何妨?

马皇后 (坚决)妾不求族人受爵当官,只要他们平安就好,万不可做不合规矩之事。

朱元璋 (颔首)如此,便也依你。

(场景切回私塾)

小五 (低头作揖)马皇后不受玉玺,也不偏私族人,可见她的清廉自守、深谋远虑,不愧为一国之母,让人敬佩!

夫子 (抚须)这三位女子确是巾帼不让须眉,她们坚守廉洁、拒绝诱惑、不改初心,似是清风徐徐入怀,拂过我们的心头,留下无尽的启发。泱泱中华文明,也正是因为她们的存在,更加闪耀光辉啊!

创作来源

朝野佥载（节选）
[唐]张鷟

　　畲请禄米送至宅，母遣量之，剩三石。问其故，令史曰："御史例不概剩。"又问车脚几钱，又曰："御史例不还脚钱。"母怒，令还所剩米及脚钱。以责畲，畲乃追仓官科罪。诸御史皆有惭色。

译文

　　李畲请人将禄米送到家中，他母亲差遣令使来量一量，多出了三石，便问他原因。令使说："御史官的禄米在过斗时，按惯例是不用刮平斗口的。"他母亲又问运送费用要多少，令使又回答道："给御史送粮照惯例是不用给运费的。"他母亲大怒，让令使将多余的禄米送回去，再把相应的运送费用拿去，并用这件事情来责备李畲。李畲于是追究仓管等人的罪状，在场的御史都面露愧色。

明史·列传第一（节选）
[清]张廷玉等

　　诸将克元都，俘宝玉至，后曰："元有是而不能守，意者帝王自有宝欤。"帝曰："朕知后谓得贤为宝耳。"后拜谢曰："诚如陛下言。妾与陛下起贫贱,至今日,恒恐骄纵生于奢侈,危亡起于细微,故愿得贤人共理天下。"又曰:"法屡更必弊,法弊则奸生;民数扰必困,民困则乱生。"帝叹曰:"至言也。"命女史书之册。其规正,类如此。

……

帝欲访后族人官之,后谢曰:爵禄私外家,非法。"力辞而止。然言及父母早卒,辄悲哀流涕。

译文

明军将领攻克了元朝的首都,把缴获的金银珠宝送回南京。马皇后说:"元朝有这些财宝却不能守住江山,我想真正的帝王们大概另有宝物吧?"明太祖说:"我知道皇后的意思,是说人才是宝。"马皇后说:"陛下说得很对。我与陛下出身贫贱而能有今天,我常担心骄横纵恣由奢侈而生,国家危亡从细小之处而起,所以希望招揽人才以共同治理天下。"她又说:"法度经常变动必然会生出弊病,法度有弊病则易生坏人坏事;经常扰乱人民则民生必会困乏,民生困乏则会生变乱。"明太祖感慨地说:"太有道理了。"便命令宫中女官把这些话写在史册上,马皇后的正言规劝,大略与此类似。

……

皇帝想访察皇后的族人封赐官爵,皇后拒绝说:"封赐爵禄偏爱外戚之家,不合乎法度。"皇后坚决拒绝,(皇上)才停止了这件事。然而有时谈到父母早亡,皇后就常常痛哭流涕。

创作感想

在创作剧本之前,我们小组查阅了一些资料找寻灵感,发现历史上大多数廉洁故事的主角都是男性,以女性为主角的故事非常少。所以我们小组就想尝试从女性视角展开,创作一组女性群像的廉洁故事。这个故事就从一堂课开始,以女学生小五的视角,串联起历史上三位伟大的女性的故事,让人从她们身上感悟到廉洁高尚的精神品格。

习近平总书记在2021年"三八"国际劳动妇女节前夕寄语:实现党和国家发展的宏伟蓝图,需要包括妇女在内的全体中华儿女共同奋斗。希望广大妇女做伟大事业的建设者、做文明风尚的倡导者、做敢于追梦的奋斗者,在全面建设社会主义现代化国家新征程上,为实现中华民族伟大复兴的中国梦做出新的更大贡献。

就如同我们的剧名一样,从古至今,女性一直像徐徐入怀的清风,以温柔却坚定的力量,展现着独特的风采。真可谓"巾帼话廉洁,清正传千古"!

教师评价

从不同性别演绎廉洁家风,这组同学从全新视角进行的演绎,让我们享受了一场视觉盛宴,感谢大家! 前面的几组在演绎"廉洁家风"的时候都将其与男性和官场相连,然而作为一种始于家庭、扬于社会的中华民族传统美德,廉洁之人深受其母、其妻影响的不在少数。让人印象最深刻的就是苏轼的母亲程夫人。本组同学的表演从一节寻常课堂开始，以女学生小五的视角，串联起历史上三位伟大女性的故事，让人从她们身上感悟到廉洁高尚的精神品格。家风是示范，是引领，更是一份传承、一份信念。女性是"半边天"，是廉洁家风的重要传承人。古代女性多被养于深闺，才能得不到施展，志气得不到弘扬。我作为一位现代女性，在高校中教书育人，是幸福的。习近平总书记在2021年"三八"国际劳动妇女节前夕寄语：希望广大妇女做伟大事业的建设者、做文明风尚的倡导者、做敢于追梦的奋斗者，在全面建设社会主义现代化国家新征程上，为实现中华民族伟大复兴的中国梦作出新的更大贡献。希望我们班的女生不要以性别来定义自己什么该做和什么不该做，只要是正确的，对自己、他人、社会有益的事情，都要鼓起勇气、放手去做！

梁晓凤　胡盼娜

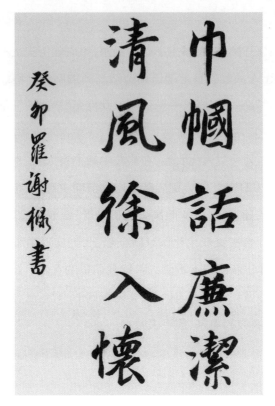

巾帼话廉洁

清风徐入怀

癸卯罗谢橡书

罗谢橡作品

御波江石稳轻舟

——陆绩家风

陈贝　徐乐楠 等

剧情梗概

　　苏州博物馆外,一名教师正和同学娓娓道来陆绩的故事;陆绩任郁林郡太守时遭遇朝野恶势力杜达楠的诬告和迫害,郁林郡民众听闻此事,前来驰援,监察御史顺势将杜达楠拿下惩处。陆绩任期届满还乡之时,因只有简单的行装,恐船不胜风浪难以在江上航行,遂取石压舱,平安返回故乡。听了陆绩的故事,苏州博物馆门外的孩子对"廉石"背后的"廉洁"品质有了新的认识。

剧情人物

小学生1、小学生2、老师、虞大人、虞大人侍从、杜达楠、杜达楠侍从、民甲、民乙、民丙、民丁、陆绩、船家、女儿、女婿、白胡子老头、民两人、陆母

第一幕 初识廉石

旁白 今天的苏州博物馆分外热闹,一群"小红领巾"手拉着手,叽叽喳喳地叫着、嚷着、讨论着,还用身子、手势比画着他们眼中的这一个庞然大物——一块刻着"廉石"二字的石头。(阵阵讲话喧闹声)

小学生1 哇!这块石头真大啊,我两只手伸长了都不能抱住它的一半。

（高兴、激动,伸长双臂做抱石头的动作）

小学生2 我看我们五个人一起抱,恐怕都抱不住它!

老师 (拍手示意大家安静下来)好了,小朋友们,我们现在看到的这块石头啊,它可不是一块普普通通的石头,你们看,它身上是不是刻了两个字啊?

小学生1、2 是——(音稍微拖长一些)

小学生1 我知道我知道!刻的是"廉石"。

老师 没错!而且啊,这块"廉石"可是一块有一千多年历史的珍贵文物,它的珍贵不只在于它经历了几百年历史长河的磨洗,更在于它所蕴含的"廉洁"二字的意义!

旁白 于是,老师便向学生们慢慢道来一代廉臣陆绩的故事。

（老师、小学生1、小学生2下）

第二幕 御史明察治恶吏,义士驰援保廉官

旁白 三国时期,东吴人称"第一才子"的陆绩出任郁林郡太守。当时天下战火纷飞,匪患猖獗,民不聊生。陆绩任职后,肃清匪患,整顿吏治,固边富民,伸张正义。但好景不长,代表朝野恶势力的县令杜达楠诬告陆绩勾结匪寇……此时,各路正义之士前来驰援,为陆绩洗雪沉冤。

虞大人 哼! 好一派腾腾杀气!(走入大堂,背手站立,背对众人,后跟着两个侍从)

杜达楠侍从、杜达楠 参见御史虞大人。(一齐作揖)

虞大人 不必多礼。(转身,上座)

杜达楠 虞大人请上座。(跟随)

虞大人 本御史奉吴王之命,到此查办有关前太守陆绩私通叛匪、查扣官银等案,杜太守。(看向杜大人)

杜达楠 下官在。(弯腰作揖)

虞大人 你有什么陆绩犯案的罪证,都呈上来便是。

杜达楠 (作揖,心虚、慌张)启禀虞大人,陆绩的那些证据……那些证据呢……(保持作揖态,抬头看向侍从并喊道)

杜达楠侍从 证……证……证据……?(迟疑、慌张)

杜达楠 启禀大人,这陆绩心思缜密,证据已被其毁灭……但,下官有人证一名。

杜达楠侍从 (附和)对! 对! 对! 有人证!

杜达楠 人证!(指向侍从)

杜达楠侍从 (慌张、迟疑)我……我……我就是人证!

虞大人 杜太守,你参奏陆绩如此多罪名,现只有人证一名吗?那你想知道,陆绩这边有哪些人证吗?

(杜达楠作揖,不敢吭声)

虞大人 (挥手示意)来人呐! 把他们都请上来。

(众人上台)

民甲、乙、丙、丁 (作揖)参见御史大人。

虞大人 (摆手)免礼。

杜达楠 (气势汹汹)你们来做什么!

民甲 郁林郡民众向吴王呈递万民折,愿为清官陆大人,联名具保!(呈万民折)

民乙 禀呈监察御史虞大人,郁林郡官吏千人,愿为陆大人,联名具保!(跪)

民丙 禀呈监察御史虞大人,赤壁战役神弩营两千将士,愿为陆大人,联名具保!(跪)

民甲、乙、丙、丁 叩请大人明察!(跪)

民丁 草民还有杜达楠的犯罪物证!(罪证呈上)

虞大人 呈上(虞大人侍从接过,呈给虞大人)。

虞大人 (过目证据,抬头看向杜)公心可鉴,杜达楠,你还有什么想说的吗?

(杜达楠瘫倒在地)

虞大人 经查明,郁林郡代太守、布山县令杜达楠为掩盖其贪腐罪孽,构陷前郁林太守陆绩,本御史现奉条律,将首犯杜达楠押解京都,严惩不贷。

(虞大人侍从上,将杜达楠押下,陆绩上)

陆绩 在下陆绩,拜谢诸位了。

虞大人 众人听宣(众人跪拜),本官现已代吴王查明此案,着陆绩恢复郁林太守一职。

陆绩 谢大人,陆绩当殚精竭虑,不辱使命。

虞大人 大家都起来吧。

民甲、乙、丙、丁 谢大人。

旁白 陆绩到任以来,大力整顿官场,官场风气为之一新。他不仅推行轻徭薄赋的政策,还亲自带百姓发展生产、兴修水利,使得百姓安居乐业。陆绩也由此深受百姓敬仰和爱戴。

第三幕 赠策布山施善政,御波江石稳轻舟

旁白 四年过去了,郁林郡政通人和、五谷丰登,成为东吴粮税兵源大郡。

旁白 吴王有旨,郁林郡太守陆绩,到任四年有余,拱卫国疆,安邦富民,本王特恩准其返乡疗疾休憩,以待另用。太守陆绩功莫大焉,加封抚边将军,钦此。

(配乐,陆绩一家收拾行李,前往码头)

旁白 船就停在郁江岸边,上面已经装好了陆绩的全部家当:三大箱书籍,两大包衣服被褥,一筐子锅碗瓢勺,一袋路上所需的干粮零食。

船家 这样不行,这些东西分量不够,压不住船身,途经大江大河,一旦遇到狂风大浪,是要翻船的。

陆绩 (为难地说)这怎么办? 我家就这么多东西。

旁白 就在这时,陆绩的女儿郁生和女婿张白抬着一大瓮横县头菜匆匆赶来。

陆绩 (问船家)装上这个大瓮,总算可以了吧?

船家 (摇了摇头)不行,你看看船的吃水线,差得远呢!我说陆大人,你堂堂郁林郡太守,就这点东西,还不如一介寒士。

旁白 陆绩和夫人商量后,又让女儿女婿去买来两大坛咸菜和一担笋干。

船家 还不够。你要不要多买点这里的土特产,回到家乡变卖,肯定会赚不少银子的。

陆绩 我压根儿没想过要赚钱,只是现在身上的钱已所剩无几了,该怎么办呢?

旁白 情急之中,陆绩忽然看到江边有一块巨大的石头,有八百多斤重,心想,这石头准够分量,于是便问坐在石头上的白胡子老头。

陆绩 老人家,请问这块大石头是谁家的?

白胡子老头 (笑着说)这石头打我记事起就一直躺在这里,哪有什么主人?陆大人,您问这个干什么?

陆绩 我想用它做压舱石。

(白胡子老头二话没说,招呼来几个壮汉,想帮陆绩把那块大石头抬到船上)

民两人 (奇怪地,议论纷纷)陆大人搬这块没用的大石头干吗?陆大人学问渊博,也许这块石头有什么来历呢!大人自有他的想法,我们也帮忙搬下吧。

(在众人的帮助下,大石头被搬到了船舱里)

船家 陆大人,你这办法高明,有这块大石压舱,船可以起锚了!

(陆绩的女儿女婿在岸上唱歌,目送)

旁白 廉石压舟,载着清风,载着陆绩清廉的美名,平安返回故里。

陆母 (看见儿子两手空空,十分欣慰)这才是我的好儿子,你要是满载而归,我就不认你了。

陆绩 君来,一叶轻舟;君去,两袖清风。平边荡寇,屯田积粮,这才是一个好官应该做的事。

旁白 (配乐)陆绩心有所感,便请人将那块压舱石搬回宅院,并亲手在石上书写并镌刻"郁林石"三字。港南诗人梁帆曾写过一首《廉石礼赞》,道出了陆绩与廉石的关系与相互成就。

(吟诵)

海雨天风送远流,遥遥归路雁横秋。

召棠甘露千年仰,怀橘孝心百代讴。

赠策布山施善政,御波江石稳轻舟。

万家忧乐胸中绕,正气凌空问斗牛。

第四幕 感前人风骨,话今时廉洁

老师 陆绩体恤民生、公正廉明,故而深受百姓的拥戴和推崇。现在,我们面前这块巨大的石头跟世人讲述的就是这"廉官陆绩"的故事。那么听完他的故事后,大家有没有什么想法分享一下呢?

小学生1 我们要像陆绩一样做一个清廉的人!

小学生2 做官的人应该像陆绩一样"不拿群众的一针一线",尽心尽力地为群众服务、办事!

旁白 历史长河滚滚东去,压舱廉石累累风霜。历史无声,留以文字描绘万里河山;廉石无语,留以精神传承子孙万代。山石如镜鉴心灵,石不能言最可人。

(所有人上场谢幕)

创作来源

新唐书(节选)

[宋]宋祁、欧阳修

陆氏在姑苏,其门有巨石,远祖绩尝事吴为郁林太守,罢归无装,舟轻不可越海,取石为重,人称其廉,号"郁林石",世保其居云。

译文

陆氏的祖籍在姑苏,屋门前有块巨石,陆氏的远祖陆绩曾经在吴国担任郁林太守,辞官回家时,一点行装也没有,由于船太轻不能过海,便拿石头作为重物压船底,人们称颂他的廉洁,号其为"郁林石",石头世世代代都保存在他的故居。

【廉史今读】家风清官风正的"清廉太守"陆绩

蚌埠纪检监察网

陆绩动身归乡之时,行李萧然,全部家当装到船上,也占不了多少空间。陆绩与艄公和家人商量后,买了两只大瓮和一担笋干,瓮里还装满咸菜搬上船。但船还是吃水很浅,船家不敢开行。再买货物吧,陆绩身上的银子已经所剩无几。怎么办?情急之中,他忽然看到岸上有一块大石头,足有七八百斤重。陆绩打听到这是一块没有主人的石头,便请人把它搬上船。有了压舱石,船便开始远航。走到中途,突然遇到了拦截官船的水盗。水盗揭开正在烧菜的锅,一看里面只有一点青菜,便说:"你这官舍不得吃、舍不得穿,准是个大守财奴!"便翻箱倒柜,却一无所获。又揭开舱底,发现了那块巨石,更加疑惑不解。一问,才知道是用来压舱的。水盗首领说:"在江湖上闯荡这么多年,这样的官船,我还是第一次遇到啊!"陆绩为官清廉的美名,早已传遍远近。

回到家乡,母亲见儿子两手空空,高兴地说:"这才是我的好儿子。你要是满载财宝赃物回来,我就不认你了。"作为父母,这样的言论对于陆绩而言才是真正的关爱。此后,陆氏子孙把"官无长物唯求石"作为家训,代代相传。乡亲们看见船上没有什么行李却有一块大石头,都称赞陆绩不愧是"清廉太守",并把那块石头取名为"廉石"。此石被后人视作为官清正廉洁的象征。

创作感想

我们本次的剧本创作灵感来源于对"廉"的追寻和对"洁"的深入思考,以及我们对"廉洁"这二字在我们现今生活中的意义和价值的思索。就这样,这块被周总理要求"要妥善保存,并发挥作用",现陈列于苏州博物馆的"廉石"出现在了我们的眼前。

为了凸显古人的廉洁对我们今日生活的重大意义与价值,我们采取的是现代同古代相结合的表演方式。我们将前景设置为"小学生游博物馆",以老师的讲述为剧本的序幕,带着学生们打破时空的局限,穿越千年,体验陆绩的廉洁之风,与古人古事对话,最后以学生们通过参观博物馆了解"廉石"并且获得感悟结尾,首尾相互呼应的同时,也展现了文物背后的文化价值以及"廉洁教育"在我们今天的重要作用。

正如结尾的旁白中所写的:"历史无声,留以文字描绘万里河山;廉石无语,留以精神传承子孙万代。"短短的十分钟道不尽陆绩的一生,讲不完我们浩如烟海的历史长河中数不尽的廉洁故事,但我们相信这十分钟足以让我们向大家传达"廉石"背后的"廉洁"文化和精神,以及"廉洁文化"进校园的深意!

教师评价

小小的一块石头,居然被称为"廉石",这组同学没有以平铺直叙的方式给我们展开廉石的故事,反而以苏州博物馆内小学生的对话为起点,展开第一幕。这样的开头不仅增加了故事的趣味性,也让大家知道了现今廉石的保存地。最后一幕,小学生学习感悟传承并发扬廉洁家风,成为本剧的点睛之笔。一头一尾,串联起廉石压舱的故事。廉石的主人公陆绩,出身于江东官宦人家,家族中读书风气浓厚,其父陆康孝顺善良,曾被当地太守李肃举荐为"孝廉"。陆康做官后,体恤百姓疾苦,做了许多实事善事,深受百姓拥护。陆绩的父母在清正廉洁方面三观正、要求严,正是因为有这样浩然敦厚的家风,才有陆绩的作风严实清廉。陆氏子孙把"官无长物唯求石"作为家训,这些直到今天依然值得我们深思和学习。孟子曾说,"天下之本在国,国之本在家",家是涵育民风、官风的基本单位。陆绩的一言一行,直接影响其子、其孙。陆家的廉洁自律作为家风流传于世,你们学习到了吗?

梁晓风　池唯嘉

《御波江石稳轻舟——陆绩家风》小组表演剧照

吴妤萌作品

清风两袖朝天去,免得闾阎话短长

张舒娴　曹卓益 等

剧情梗概

于谦作为中国历史上的名臣,其一心为民、清廉不阿、抗敌救国的忠义气节一直为后人所称颂。《明史》称赞其"忠心义烈,与日月争光"。他与岳飞、张煌言并称"西湖三杰"。主要作品有《石灰吟》《入京》《节庵诗文稿》等。本剧描述了一场意外的穿越,让课堂中的学生们来到明朝,来到于谦身边,使他们真正感受到"廉洁"的内涵。

剧情人物

老师、同学 1、同学 2、同学 3、周忱、王振、王佑、大臣 1、大臣 2、于谦、小吏 1、小吏 2、百姓、吕宝、同僚、大臣 3、大臣 4、同生们

第一幕 百官大臣献金求媚

（同学们齐声朗诵《入京》）

老师 清风两袖朝天去,免得闾阎话短长。大家认识于谦吗?

同学1 我知道!

同学2 《石灰吟》的作者!

同学3 他为官清廉!

（同学们争先恐后地说）

老师 大家说得都对,老师今天就带你们回到明朝去看看真正的于谦。

（舞台上:音乐起,学生们尖叫。第一幕演员跳上场,显现出一种穿越的感觉）

（百官上朝奏事的场景）

旁白 明朝正统七年(1442),张太皇太后崩逝,阁臣"三杨"亦相继病故,宦官王振勾结内外官僚,擅作威福,在京城建造豪华府第,大兴土木,公卿大臣称之为翁父,争相攀附。

（王振趾高气扬地进场,大臣们纷纷作揖）

周忱 我听闻公公的新府第即将落成,特命松江府织造了一匹价值连城的地毯,今日献给公公。

王振 (面露喜色)周侍郎费心了。我见你年纪尚轻,不知是否愿意做我的干孙子?

周忱 (右腿半跪)孙儿给大父请安。(话音落后,站起,走到侧面站立)

（王佑见机上前）

王振 哟! 王大人,你的胡子怎么没有了?

王佑 (谄媚)公公和我都姓王,说不准您是我哪家的亲戚呢! 小辈把您当干爹呀。老爷您都没有胡子,做儿子的我又怎么敢有呢?

王振 (边笑边说)既如此,那兵部尚书和都御史的位置就交由你去做吧。

王佑 (作揖)晚辈承蒙老爷厚爱。

(又有几位大臣上前)

大臣1 我有两盘川银子献与公公。

大臣2 我有平阳襄陵酒与天门冬酒数坛,已送至公公府第。

第二幕 王振吕宝以权谋私

旁白 豫晋连年遭灾殃,官府不力邪气长,豪强夺地民绝望,朝廷急派于谦到!(像唱戏一样唱出来)话说于谦上任两省巡抚,王振知道后,打算给于谦一个下马威。

旁白 于谦前往开封的途中,看到很多百姓被捆绑在路边。

于谦 (对周围随从)这些百姓为何人所捆绑?

小吏1 是吕宝吕总管。

于谦 (对被绑百姓说)你们所犯何罪?

百姓 大人,我们住了周王府的街屋,王府屋破不修,反要加租逼债,我们是王公公的佃户,最近连年灾荒颗粒无收,吕总管还要逼我们交租,求大人为小民做主呀!

(于谦略加思索)

小吏1 大人,那吕总管说,他捆绑这些债户,就是特地绑给大人看的。

于谦 此话怎讲?

小吏1 大人,吕总管还说,大人若要在此做官,就要替他们办事,替他们讨债,不然……

于谦 不然怎样?

小吏1 不然就让您卷铺盖走人。

小吏2 大人,这吕总管前几年被王振派到山西,趁着荒年在山西替王公公买下了方圆百里的田地,如今河南有灾,王公公又将他派到这里,想必又要趁火打劫、鲸吞民田了。

于谦 (扬手)我要斗一斗这落井下石的不法人,为他们松绑!

百姓 (跪在地上)多谢大人!

(吕宝出场)

于谦 你就是吕总管?

吕宝 (作揖)那你就是于大人了,吕宝这厢有礼!

于谦 吕总管,你身为王府总管,应知大明律条,怎么随意绑人?

吕宝 是你巡抚衙门不管我们王府的事,我才绑人的。

于谦 吕总管怎知我巡抚衙门不管你王府之事?

吕宝 好,既然你于大人愿管,那就请你于大人替王府讨要房租欠债吧!

于谦 拿纸笔来!

(小吏2上纸笔,于谦在纸上写字)

于谦 吕总管,这就是本官的判决。

(吕宝看纸)

吕宝 (念)"王府屋漏不修,加租逼债理偏,总管若要房钱,等待于谦任满。"

吕宝 照于大人判来,你一任三年,我便三年不能收租。于大人,你可知道我收租的田地是谁的?

于谦 是谁的?

吕宝 是我的师父,大内司礼监掌印太监王振王公公的!难道你连王公公的面子也不给吗?

于谦 大内王公公又怎样？

吕宝 (手指于谦)于谦你、你与王公公作对，你不想做官啦！

于谦 我为朝廷、为百姓做官，与王公公何干？

吕宝 好，于谦，我们走着瞧！

第三幕 同僚不解劝于谦

(众大臣上朝奏事)

旁白 官员们争相对王振阿谀恭维，抢着献宝。一位同僚见于谦也来上朝奏事，试图搭话。

(其余人等退下)

同僚 (拱手)于大人，您带了什么好东西哇？可否让我等也饱饱眼福？

(于谦略一拱手，笑着摇了摇头)

同僚 (扫视于谦，发现于谦两手空空，有些迟疑)莫非还在马车上，不想提前叫我们知晓？

(于谦摇头)

同僚 不是？那难道已经提前送给翁父了？好哇！于大人，竟被您抢先一步！

(于谦依旧摇头)

同僚 (犹豫，试探)这……您总不会什么都没带吧？

于谦 (含笑点头)正是。

同僚 哎呀！于大人，您且听我说。(语重心长)您不肯送金银财宝，攀附权贵,是您为官清廉、为人正直。可您要想在这官场上有所作为,必不能坏了这官场规矩呀!

于谦 (神色微动)哦?何规矩?

同僚 (摇头叹气)如今翁父当政,众人皆投其所好。您要是反其道而行之,日后必举步维艰、为官不利啊!最不济也该带些线香、蘑菇、手帕之类的土特产来呀,送些人情也好,怎么能空手而来呢!

(于谦潇洒一笑,转身离开,众人退下)

第四幕 于谦两袖清风

(寿宴现场)

旁白 王振寿宴,圣旨下,百官出席,于谦也不得不参加。王振以礼金多少来区别对待官员,千金留饭,五百金留茶,一百金廊下伺候,尽显贪婪本色。百官慑于淫威而巴结奉承,独于谦两袖清风。

(王振傲慢地坐在高位上,百官穿着金丝绸缎,拿着各种金银珠宝阿谀奉承,只有于谦一个人穿着破旧的衣裳,没有带任何东西)

王振 (面露喜色)哈哈,众位真是客气啦,献礼上座!

大臣1 (鞠躬献礼)祝公公万寿无疆,坐享无边荣华。

(侍卫从王振边上走过去拿礼物,交给王振)

王振 哟,真是好珠宝!王大人客气啦!

(大臣1作揖,退下)

大臣2 (谄媚地说道)公公勤政爱民,这是我地百姓为您准备的薄礼,公公定能福如东海!

王振 (边笑边说道)好,杨大人上座!

(侍卫再次从王振边上走过去拿礼物,交给王振)

大臣2 (作揖)谢公公!

(又有几位大臣上前献礼,只剩下于谦一人⋯⋯)

大臣3 (阴阳怪气地说)公公大寿,您不会什么都没准备吧?

(众人大笑)

于谦 (抖了抖自己破旧的衣袖,神秘地说)您有所不知,我也是有备而来的。

大臣4 (不屑地说)哦,那你准备了什么呢?

于谦 (潇洒地甩了甩他的衣袖,坚定地说)这两袖中自有清风!

王振 你! 你!(王振生气地站起身来,袖子里的贿赂品掉落一地)

(背景音:笑声。回到课堂)

老师 这件事后,于谦写下《入京》诗,同学们再齐读一下《入京》好吗?

同学们 (四个齐读,同时展示书法作品)绢帕蘑菇与线香,本资民用反为殃。

清风两袖朝天去,免得闾阎话短长。

(大家一起上台谢幕)

创作来源

入京

[明]于谦

绢帕蘑菇与线香,本资民用反为殃。

清风两袖朝天去,免得闾阎话短长。

译文

绢帕、蘑菇和线香,本来就是老百姓的所用之物,却因为贪官的搜刮反而给百姓带来了灾难。因此,我只带着两袖清风进京去,免得老百姓说长道短。

创作感想

谈到廉洁文化,我们脑海中浮现出形形色色的人物,静以修身、俭以养德的诸葛亮,青天明月、铁面无私的包拯,这些鲜明的形象在历史长河中曾掀起朵朵浪花。在举世皆浊的混沌乱世中,坚守自我本心,不随波逐流,实为难能可贵;而在贪污盛行、贿赂成风的官场,保持一身正气,救国于危难之中,时刻将生死置之度外,亦是弥足珍贵。《晏子春秋》第一次将"廉"与"政"结合起来——"廉者，政之本也"。为官节俭廉洁，反对奢侈贪腐，是政治的根本。我们将时间线放到了五百多年前的明朝，聚焦"救时宰相"于谦，借由他的两袖清风，品味廉洁文化。于谦忧国忘身、口不言功、铲除奸党、保卫京师，不仅应了他那首流芳百世的《石灰吟》，也是《入京》诗中他反腐倡廉决心的生动表现。通过剧本的创作与演绎，相信我们在感受廉洁精神的同时也提升了思想境界。作为未来的小学教师，我们更要加强自身学习，以史为鉴、严于律己、防微杜渐，让廉洁文化像润物细无声的春雨，悄然滋润我们的心灵。

教师评价

我们熟知很多振奋人心、让人动容的诗句，陆游的"位卑未敢忘忧国，事定犹须待阖棺"；岳飞的"靖康耻，犹未雪，臣子恨，何时灭"；戴叔伦的"愿得此身长报国，何须生入玉门关"；林则徐的"苟利国家生死以，岂因祸福避趋之"；还有文天祥的"人生自古谁无死，留取丹心照汗青"。不较得失，不计生死，舍生取义，杀身成仁，赤胆忠心，无不让人仰之弥高，肃然起敬！而于谦有一句诗，想必也是人人皆知的，便是"粉骨碎身浑不怕，要留清白在人间"，这种壮烈的石灰精神也暗示了他最终的结局。一介文士，有辅佐朝政平定天下之能，亦有排兵布阵守卫国都之功，但最终却蒙冤去世。但让人宽慰的是，宪宗时期，于谦被复官赐祭，1489年，又追谥"肃愍"，明神宗时，改谥"忠肃"。若用两个词来评价于谦，那便是"一世忠烈，两袖清风"。

梁晓凤　　胡盼娜

《清风两袖朝天去,免得闾阎话短长》小组表演剧照

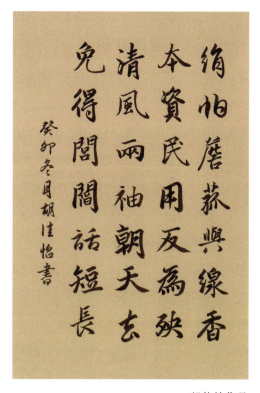

胡佳怡作品

心志犹胜砚冰坚

——宋濂传

谢淑君　曹卓益　等

剧情梗概

宋濂是元末明初著名政治家、文学家、史学家、思想家。其名作《送东阳马生序》广为流传，激励着年轻人勤学好问。宋濂自幼多病、家境贫寒，每向当地藏书丰富的人家借书后，他便认真誊抄书籍。为了按时归还书籍，风雪再大也不能动摇他遵守誓言的决心。他聪敏好学、不耻下问，立志做一个勤奋纯粹的读书人，向当地有名的大家求教，曾受业于梦吉先生等名师。东汉著名学者王逸在《楚辞章句》中注释说："不受曰廉，不污曰洁。"(不接受他人馈赠的钱财礼物，不让自己清白的人品受到玷污，就是廉洁)本剧展现了宋濂诚实守信、敏而好学、有恒心有毅力的高尚读书人的形象。

剧情人物

老师、班长、众学生、穿越学生、宋濂、用人、富人乙、书童、张老爷、母亲、小伙伴、老猎人、梦吉先生

第一幕 初闻宋濂不以为意,恍然入梦见真颜

（教室内,老师正在给同学们上课）

老师 上课!

班长 起立!

众学生 （鞠躬）老师好!（坐下）

老师 同学们好! 今天我们语文课要上的篇目是《送东阳马生序》,在正式开始课程前,我想问问有同学知道这篇课文的作者是谁吗?（微笑地看着班里的同学）

众学生 （翻动书本寻找答案,齐声说）是宋濂!

老师 （表示赞许）同学们回答得很好。宋濂是元末明初著名政治家、文学家,被誉为"明初诗文三大家"之一。有同学知道关于他的故事吗?

班长 他是一位拥有许多美好品格的人。在面对财物时,他非常廉洁,曾经在门上写下大字"宁可忍饿而死,不可苟利而生"。一些权贵企图巴结他,拿满满一袋子黄金赠予他,想与他交好,宋濂也绝不接受……

老师 回答得真好。关于宋濂的故事还有很多很多,那么今天我们就通过《送东阳马生序》这篇课文的学习,来进一步走近这位历史人物。下面让我们一起有感情地朗读文章的第一段。

众学生 （捧起书本齐读）余幼时即嗜学。家贫,无从致书以观,每假借于藏书之家,手自笔录,计日以还。天大寒,砚冰坚,手指不可屈伸,弗之怠。录毕,走送之,不敢稍逾约……

穿越学生 （众学生朗读时）这书读着真无聊,还不如找个班上呢……（说罢,沉沉睡去）

旁白 他沉沉地睡去了,睡梦中忽然来到一个奇异的境地。是梦,还是现实? 真真假假,假假真真,竟也分不清了。

第二幕 家贫唯有借书观,几经回绝终得还

(家中破旧的书架上整齐地摆放着几本皱巴巴的书)

宋濂 (站在书架前,缓缓抚摸着书架上的书。抽出一本,翻了翻,放回去。又抽出一本,翻了翻,放回去)(双手背在身后,边摇头边叹气)唉,这些书我都已经背得滚瓜烂熟,如果有新书可以看就好了(说着开始在书架前来回踱步,嘴里嘟囔)有什么办法呢……有什么办法呢……

宋濂 (一拍脑门)城里有这么多名门望族,他们家里一定有许多藏书! 不如……

(宋濂敲门,用人开门)

宋濂 (急忙凑上前)这里是李……

用人 (不耐烦,一边将宋濂往外推一边关门)走开走开。

宋濂 唉……唉……等……等等……(跟跄)

宋濂 (转身离开,摇头叹气)罢了罢了。

(富人乙家门口)

(宋濂第一次敲门,但没有回应,再敲门时门缓缓打开)

富人乙 (摇着扇子,头微微仰起,神情傲慢,徐徐道来)来者何人?

宋濂 (作揖)鄙人宋濂,自幼雪牖萤窗,如饥如渴,奈何家徒四壁,双亲两鬓斑斑,心有余而力难足。故此,今日厚颜求问,或得古籍一二……

富人乙 (轻蔑一笑)呵,吾家书卷,浩如烟海,处则充栋宇,出则汗牛马。吾视之如命,门阀三顾求之,思索再三。今无名小儿胡诌,辄举以予人,如弃草芥,岂不笑哉,哈哈,哈哈……(边笑边转身离开)

(宋濂一言不发,收回礼品,拍拍衣袖)

(张老爷家门口)

(宋濂有些失望与疲乏地敲门,敲到一半时门打开)

宋濂 请问这里是张老爷家吗? 我想向张老爷借几本书。

张老爷 (看着宋濂,有点吃惊地愣了一愣)我便是张老爷,你说……你想借书?

宋濂 (一扫黯淡,充满希望地盯着张老爷,急忙点头)是的是的!

张老爷 可是……(停顿许久)我并不认识你,更不了解你,我不知道你是否会……

宋濂 (迫不及待)我家住在十里开外的西坪村,家父姓宋名文昭,家母陈氏,都是忠厚老实之人。我……我向您保证,只要您借给我书,我一定按时归还,保管妥当,如若不然,任由您处置。(坚定地)

张老爷 (将信将疑)你随我来。

(宋濂跟着张老爷来到书房,张老爷随手拿了本书递给宋濂)

张老爷 三日之内归还。

宋濂 (双手接过,连连鞠躬感谢)谢谢张老爷,谢谢张老爷,我定如期归还!

(蹦蹦跳跳、欣喜若狂地离开)

第三幕 天大寒手自笔录 心志却胜砚冰坚

（家中昏暗的灯光下,母亲在角落里缝补衣物,宋濂穿着单薄,瑟瑟发抖,但仍在奋笔疾书。不时停下研墨,不时搓手取暖）

母亲 （打哈欠,放下手中的针线走到宋濂旁边,跪坐下,搂住宋濂肩膀）濂儿,很晚了,墨都冻住了,明日再抄吧。

宋濂 （继续奋笔疾书）不可不可,明日就是归还之日,我要快些、再快些,娘您先休息吧。

（母亲慈爱地、心疼地摸摸宋濂的头,起身离开,三步两回头）

第四幕 慈母怜儿衣单薄,奈何吐诺不轻移

旁白 第二天,宋濂早早儿地起来,准备去还书。谁知他正准备出发时天下起了鹅毛大雪。但宋濂还是决定上路,他整理好行李,背上书箱正准备离开家门时,迎面碰上了母亲。

母亲 都下雪了,天气这么恶劣,怎能出远门呢? 再说,你这一件旧棉袄,也抵不住严寒啊! 要不你晚几天再送过去吧?

宋濂 《弟子规》中讲,"凡出言,信为先",说的就是言行一致是做人的基本原则。娘,今天不出发就延误了还书的日子,无疑会失信;失信,就是对张老爷的不尊重啊! 风雪再大,我都得上路。

母亲 (不放心却无可奈何的神情)孩子,你一个人去可千万要小心哪。毕竟下雪天,路滑,当心脚下,注意安全啊!

宋濂 娘,你别为我担心了,我就去还个书,不会怎么样的。你放心,我还完书尽早回来。(宋濂与母亲告别)

小伙伴 宋濂,你看地上积了好多的雪,咱们去堆雪人、打雪仗好不好?

宋濂 (举起书本)不行,我得去还书。

小伙伴 (摸了摸戴在头上的帽子)哦,那我跟你去吧。

宋濂 这天气有点冷,而且你今天也没跟你父母事先说好要出去。还是我一个人去吧,毕竟是我借的书。

小伙伴 好吧,那下次有机会我们再一起吧。(宋濂与小伙伴挥手告别)

旁白 宋濂背着书箱,一路冒着风雪。严冬寒风凛冽,路上有结冰的地方。宋濂一心想着赶路,一不留神没注意脚下,摔倒了。书箱掉下来,里面的书也全都掉到地上。但宋濂还是咬咬牙,坚强地站了起来,把掉出来的书一本一本再放进书箱里。然后他站起身来抖掉身上的积雪,背上书箱继续赶路。宋濂一直走啊走,终于看到远处有房子的隐约轮廓。最后他来到了张老爷家门前。

(富人家门口,宋濂敲门,张老爷来开门,一看是宋濂来还书,目瞪口呆)

宋濂 谢谢老爷,这是您的书。(宋濂边说边递过书给张老爷)

(张老爷以为这样的天气宋濂不会来还书了,可是宋濂却冒雪把书还了回来,这令张老爷很感动)

张老爷 哦,小伙子,这本书你都看完了?

宋濂 老爷,我还没有看完。我把它抄了下来,这样今后可以慢慢读。

张老爷 这么冷的天,我原本以为你肯定不会来还书了,没想到你真的按时把书还回来了。宋濂啊,像你这样守信好学的孩子,将来必有大出息。嗯,以后啊,你可以随时来借书,想借哪本就借哪本,想什么时候还就什么时候还。

宋濂 (感动,连连点头,眼眶湿润,双手作揖)谢谢老爷!

第五幕 白茫茫风雪载途,意切切访师如一

旁白 宋濂自幼好学,长大后不仅学识渊博,还写得一手好文章。一天,他为了弄明白一个问题,在大雪纷飞的日子里,顶着像刀子一样刺骨的大风,冒雪寻访名师。

宋濂 (推开书房的门,拿着书,看着外面的大雪,露出惊讶的表情,犹豫片刻,还是决定前往老师家)好大的雪啊!(双手抱紧自己)

(宋濂在路上行走)

宋濂 (到了老师家,敲门)有人吗,有人吗?

书童 请问你找谁呀?

宋濂 我找梦吉先生。

书童 啊? 那真不巧,先生今天不在家,你请回吧。

宋濂 (虽然失落,但坚定)真可惜,先生今天不在家,不过没关系,我改天再来,一定要把疑问解决了。

旁白 第二天依旧天寒地冻、寒风呼啸、大雪纷飞,宋濂带着他的同伴又启程了。

小伙伴 (疲惫,不耐烦)哎呀,又冷又累的,我都快冻死了,我不去了。(蹲下来)

宋濂 唉! 我们马上就到了,快起,再坚持一下,你这样会冻僵的。(语气急促)

（宋濂走到同伴面前,将蹲在地上的同伴扶起来,拉着同伴继续前往。到了老师家,宋濂敲门）

书童 怎么又是你啊,先生今日染上了风寒,不想见人,你改天再来吧!

小伙伴 （生气又埋怨地对宋濂说）你看吧,梦吉先生根本就不想理我们,我们回去吧。

（宋濂低下头,很无奈。随后,宋濂与同伴回家了）

旁白 过了几日,宋濂打算第三次拜访老师,隆冬腊月,天蒙蒙亮,宋濂就出门了,这一次,勤学好问的他独自前往老师家。

宋濂 （走在路上,拿着书,冻得直哆嗦）不知道今天先生愿不愿意见我。

宋濂 （没走稳,摔倒了）啊,哎呀!

老猎人 （看到宋濂摔倒在地,小心翼翼地扶起他,语气略显担忧和疑惑）天这么冷,您要去哪儿啊?

宋濂 谢谢您,我要去找梦吉先生。

老猎人 真是个好学的人啊!

宋濂 谢谢您的赞赏和帮助,我要继续赶路了,再见!

宋濂 （到了老师家门口,敲门后,气喘吁吁地倚靠在墙上）有人吗?

书童 （开门,神情惊讶）啊! 怎么还是你,你可真执着啊,那行吧,你稍等一会儿,我去问问先生。

书童 （转身进屋）先生,门口有一位叫宋濂的学生,他有一个问题想请教您,今天是他第三次来拜访您了。

梦吉先生 （惊讶,点头）那带我去门口看看吧。

（书童与梦吉先生转身去门口见宋濂）

旁白 梦吉先生看到筋疲力尽的宋濂,瞬间被他求知若渴的精神打动,实在是不忍心再让他失落而归。

宋濂 （向老师鞠躬行礼）先生您好,学生是宋濂,听闻先生学识渊博,因而想请教先生一个问题,不知可否?

梦吉先生 (笑)宋濂啊,我从未见过你这么执着勤奋的学生,来,进屋吧!

宋濂 谢谢先生。(鞠躬,跟随老师进屋)

宋濂 请问先生,博学而笃志,切问而近思,仁在其中矣,如何解释?

梦吉先生 博览群书,广泛学习,坚守自己的志向,遇不明事能恳切地向别人发问,多考虑当前的问题,仁德也就在其中了。

宋濂 (鞠躬行礼)多谢先生教诲。

梦吉先生 你不畏严寒、求知若渴、守信好学,将来必有大出息。

宋濂 学生只是想请教一个问题,先生如此赞叹令晚生不胜惶恐。

梦吉先生 你不必客气,老夫非常钦佩你的求学精神,这里有一些藏书,你都可以拿去阅读,希望你可以把古圣贤的思想传承下去,你一定会大有前途。

宋濂 多谢先生,那学生就恭敬不如从命了。(随后,宋濂拿着老师赠予的书籍,向老师告别,回家了)

第六幕 如梦初醒绪难平,情不自禁书中寻

(穿越学生惊醒,情绪难以平复,深呼吸)

老师 (气愤)你是对这篇课文感触很深吗? 那就来给我们讲讲。

(众学生都盯着他)

穿越学生 (情绪激动地,深情地)我看见……我看见烛光下,他冻得通红的手,他抄的那整页整页的字;看见大雪中他步履蹒跚,背着书箱,拖着鞋子,行走在深山峡谷之中。我还看见他一笔一画写

下"宁可忍饿而死，不可苟利而生"，把贪官污吏贿赂他的钱财扔出屋外……(众学生听得入迷)

老师 (不耐烦)好了好了，说得好像你真看见过一样。

穿越学生 (拿起书本，怔怔望着)(情不自禁，声情并茂地朗读)余幼时即嗜学。家贫，无从致书以观，每假借于藏书之家，手自笔录，计日以还。

全体学生 (情不自禁地齐读)既加冠，益慕圣贤之道。……尝趋百里外，从乡之先达执经叩问。……余立侍左右，援疑质理，俯身倾耳以请……卒获有所闻……

创作来源

送东阳马生序(节选)

[明]宋濂

余幼时即嗜学。家贫，无从致书以观，每假借于藏书之家，手自笔录，计日以还。天大寒，砚冰坚，手指不可屈伸，弗之怠。录毕，走送之，不敢稍逾约。以是人多以书假余，余因得遍观群书。既加冠，益慕圣贤之道，又患无硕师、名人与游，尝趋百里外，从乡之先达执经叩问。先达德隆望尊，门人弟子填其室，未尝稍降辞色。余立侍左右，援疑质理，俯身倾耳以请；或遇其叱咄，色愈恭，礼愈至，不敢出一言以复；俟其欣悦，则又请焉。故余虽愚，卒获有所闻……

译文

我年幼时就非常爱好读书。家里贫穷，无法得到书来看，常常向有藏书的人家求借，亲手用笔抄录，计算着日期按时送还。冬天非常寒冷，砚台里的墨汁都结了冰，手指冻得不能弯曲和伸直，我也不放松抄录书。抄写完毕后，便马上跑去还书，不敢稍微超过约定的期限。因此有很多人都愿意把书借给我，于是我能够遍观群书。成年以后，我更加仰慕古代圣贤的学说，又苦于不能与学识渊博的老师和名人交往，曾经赶到数百里以外，拿着经书向乡里有道德学问的前辈请教。前辈德高望重，门人弟子挤满了他的屋子，他的言辞和脸色从未稍变得缓和。我站着陪侍在他左右，提出疑难、询问道理，俯下身子，侧着耳朵恭敬地请教；有时遇到他大声斥责，我的表情更加恭顺，礼节更加周到，不敢说一个字反驳；等到他高兴了，则又去请教。所以我虽然愚笨，但最终获得不少教益。

创作感想

在创作中，我们采用了围绕一个中心，以多剧目呈现的创作形式。通过多个场景，从不同角度塑造宋濂的形象，使得人物形象更加立体、更加充实。在创作内容中，我们创新地加入了穿越的元素。故事开头以上课打瞌睡的同学的突然穿越为引，引出古代故事。同学在穿越的过程中，亲身经历、目睹了宋濂的故事，他看见了宋濂登门借书时的坚定、冒雪还书的诚信、三顾求知的好学精神，还有他蘸着快冻硬的墨水手抄笔录，彻夜未眠时眼中闪着的对书籍的渴望……他见证了宋濂的美好品质，这穿越千年的伟大力量无疑对他的心境产生了重大影响，他看到了古时读书人的坚守，对知识的执着追求，追求精神富足而不贪恋物质财富。剧目最终，学生穿越回现实，百感交集，于是他有感而发带头诵读《送东阳马生序》，最后，在众人的齐读下，故事缓缓落下帷幕。

我们的作品不预设宏大的立意，只是希望每个读过这篇故事的人，看过本场剧目的人，都能有哪怕一分一毫的内心的触动，这样我们的作品就已经很成功了。我们希望将廉洁的种子带进观众的心里，这粒种子一旦发芽，就会生根，直至长成参天大树。希望宋濂的故事能引导大家成有用之才、做廉洁之人。

教师评价

不知道在大家心里，"廉洁"这两个字究竟意味着什么。《楚辞·章句》中注释说："不受曰廉，不污曰洁。"但廉洁不仅仅意味着不接受他人馈赠或者单纯地不让自己的清白受到玷污。廉洁是一个很大的概念，在这组的演绎中，"廉洁"的含义被拓宽了，当一个人他"诚实守信、敏而好学、有恒心有毅力"时，他也拥有了一定的廉洁品质。一篇《送东阳马生序》不仅仅代表宋濂对知识的执着，还体现了他"君子可以寓意于物，而不可以留意于物"这种对于富足精神的追求，这就是"廉正"，是清廉的另一种体现。

梁晓凤　池唯嘉

《心志犹胜砚冰坚——宋濂传》小组表演剧照

白居易廉政爱民

蔡徐可　曹卓益

剧情梗概

白居易是唐代著名诗人,诗作《观刈麦》是他的早期作品。唐朝贞元年间,白居易考中进士,被派往陕西周至当县令。他在乡间巡查时看到贫苦百姓辛勤劳作而心生同情。不久后,城西的赵乡绅和李财主为争夺一块地到县衙打官司,为了能打赢官司,赵、李二人争相给白居易送礼,白居易不为金银所动,一身正气审判两人,并捐银于民。

剧情人物

白居易、农妇、赵夫人、赵乡绅、李二弟、李三弟、李四弟、李财主、仆人、李元宝、下人、妻子、衙役

第一幕 农妇麦田苦拾穗

旁白 新官上任不久,恰逢麦收时节,白居易奉命前往盩厔(周至)征收捐

税,途经一处麦田,见一农妇正在田间拾穗。

(农妇四处拾穗)

白居易 (走上前去询问)天气这般毒辣,大娘何不在家休息,反而这般辛勤,

拾着田里遗留的麦穗?

农妇 (抬头打量,愁苦状)贵人有所不知,朝廷征税不断,本地的赵乡绅和李

财主又极力抢夺我们的土地,留给我们的土地根本无法养活自己。

可怜我家卖尽家田,如今只能拾穗充饥!(掩面哭泣)

(白居易欲言又止,黯然神伤。妇人低头拾穗,白居易步伐沉重地离开)

第二幕 二家争地使诡计

旁白 此时,城西的赵家和李家正密谋夺地。

场景一:赵家

(赵乡绅坐在椅子上,赵夫人为他捏肩)

赵夫人 这块地向来就是我们用着的,那姓李的看不得别人一点儿好。

(仆人上,倒茶)

赵夫人 一定要掺和进来分一杯羹,真是种地不出苗——活活一个坏种!

（赵乡绅点头称是）

赵乡绅 （懊恼）只是我们没有地据,单凭一张嘴,也没有阻止他使用。

场景二:李家

李二弟 （冲进正厅,抱拳行礼,拂袖而坐）大哥,这个赵乡绅可真是不知好歹,考取了一个破功名,就以为能和我们家大业大的李家相比吗,居然敢和我们李家抢地皮!（握拳）

李三弟、李四弟 （附和）是啊是啊! 大哥,这不是故意在和我们作对,想给大哥你一个下马威吗? 大哥真能咽下这口气?!

（李财主坐在正位怒而不发,握紧手里的茶盏）

场景三:赵家

仆人 （靠近赵乡绅）老爷,听说地方上新来了个官老爷,姓白,还是个进士,不如试试从他身上入手,小的有一妙计。

赵乡绅 （奸诈地）说来听听。

仆人 （走到老爷前头作揖）小的听闻秦末陈胜起义时,吴广曾提议鱼腹藏书,现今自然也可借吴广之计藏银两于鱼腹之中献给那新上任的官老爷。（仆人虚捧银两做送礼状,赵乡绅惊喜）

场景四:李家兄弟齐献计,娃娃来把计谋定

李四弟 （奸诈地）听说我们这地方新上任了个县老爷,如果我们能和他搞好关系,使他为我们所用（轻拍胸膛）,解决那块地皮的事情自然不在话下,你们说是不是啊?

李二弟 （拍手起身）大哥,四弟说得对啊,（回头询问）不如送他夫人一匣金银首饰以表诚意?

李三弟 咱李家醉仙楼的灵芝酿可是方圆几里出了名的,不如……请县令来尝尝。

（李财主越听,眉头皱得越紧）

李财主 兄弟各位的办法有可行之处,但过于张扬,容易落个行贿的名头,少不得遭人非议呀（叹气）。这要是传到州府老爷耳朵里,我们的头还要不要了?

（兄弟几人顿时无言以对,纷纷沉默了下来。大家都面露难色,抓耳挠腮）

（李财主的小儿子李元宝咿咿呀呀地跑了进来,闹着要吃井水里凉着的西瓜）

李元宝 爹爹爹爹,西瓜好重,我拿不起来,我想吃西瓜,阿爹帮我拿,帮我拿……

（李财主拍拍李三弟,示意他将元宝带下去）

李三弟 元宝来,叔叔带你去。（将元宝带下场）

（李三弟和元宝退场后）

李四弟 （奸诈地）诶,这西瓜又大又圆,里面加点"东西"应该不会被发现吧?（兄弟对视）加了料的西瓜应该更美味!

（李财主、赵乡绅一拍桌子,站起来）

李财主、赵乡绅 （同时奸笑）不错,这可真是个好主意!

第三幕　县官家现重礼

（白居易批阅卷宗,妻子在一旁磨墨侍书。下人敲门）

白居易 进来吧。

（下人行礼,走到白居易身边）

下人 (神色为难)主子,这是赵乡绅送来的大鲤鱼。

白居易 哦?(皱眉)拿来,我瞧瞧。

　　(下人把鱼拿上前,侧身展示鱼腹所藏银)

白居易 (眉头深皱)东西放这儿,你先走吧。

下人 是。

　　(下人把鱼放到桌上,行礼并离开房间)

　　(妻子停下磨墨,靠近白居易)

妻子 (愤懑)这赵乡绅做如此行贿之事,怕是以为你也是那贪赃枉法的贪官,真是可笑。

白居易 (抬头慨叹)足蒸暑土气,背灼炎天光。力尽不知热,但惜夏日长。

妻子 夫君,您在念些什么?

白居易 (摇了摇头)只是苦了贫苦百姓啊。

妻子 (疑惑)这是何意?

白居易 (扼腕叹息)这赵乡绅,是地方豪强。这鲤鱼里的银钱多一枚,百姓在他手里受的苦就多一分啊!

妻子 (深有所感)夫君最恨欺压百姓之人,这点妾身是知道的。

　　(白居易摇头叹息,正欲提笔,敲门声又响)

白居易 进来吧!

下人 老爷,这是李财主送来的大西瓜。(展示西瓜)

白居易 (无奈)这二人争先恐后送礼,恐怕是为了争地一事。(语气逐渐激动)一个赵乡绅、一个李财主,欺压民众,鱼肉百姓,却对我献谄献媚,好个小人做派!

妻子 (神色忧愁,轻抚白居易肩膀)夫君,这该如何是好?

白居易 今我何功德,曾不事农桑。吏禄三百石,岁晏有余粮。(念着念着面露内疚之色)

妻子 夫君,您又在念些什么?

白居易 (义愤填膺)我向来看不得百姓在豪强手里受苦受难,更看不得豪强在百姓面前作威作福。(神色逐渐坚定)君子以直报怨,这事儿怎么处理,我已有了办法。

(白居易向下人招手示意,下人上前两步)

白居易 你去县衙门口贴出告示,明日公开审理地皮一案。

下人 是。

第四幕 县官衙堂巧断案

旁白 翌日,赵、李二人上了县衙,欲请县令判定地皮归属。县衙门外,百姓拥挤嘈杂,想看清公堂之上发生了什么。(百姓指指点点,议论纷纷)

赵乡绅 (趾高气扬)我的鲤鱼岂是你那破西瓜可以比的,你就等着屁股开花吧你!

李财主 (不甘示弱,边说边往公堂上看了一眼)破西瓜,我那可是金瓜银瓜,你那一条臭鱼,想得倒是美,等着县太爷的审判吧。

(赵乡绅、李财主进公堂)

(左右两边衙役,站列整齐,县太爷白居易正坐在公堂之上,一脸威严正气)

衙役 (敲着棒子)威武——

(赵、李两人跪下)

白居易 (正襟危坐)你们二位谁先陈述?

赵乡绅 (抢着说)大人,我的理长,我先讲。

李财主 (紧接着)我的理大,该我先讲。

白居易 (看着两人,一拍惊堂木,沉下脸)什么理长理大?成何体统!

赵乡绅 (眼睛一转,谄媚地笑)大人息怒,小人是个愚(鱼)民啊!(鱼字故意拖长)

白居易 (向下扫视赵、李二人,皮笑肉不笑)本官耳聪目明,用不着你们旁敲侧击,更不喜欢有人暗通关节。来人,把贿赂之物取来示众!

(衙役取来鲤鱼和西瓜,用力一抖,哗啦啦的银子从鲤鱼的肚中和西瓜之中摔了出来)

(堂上堂下一片哗然)

白居易 (厉声呵斥)大胆刁民,胆敢公然贿赂本官,按大唐律法各打四十大板!至于这些行贿的银子,全都用于救济贫苦百姓和民生工程。

百姓 (齐声)好!好!为政清廉,不受贪赂,是个清官啊!(一边拍手一边点头)

赵乡绅、李财主 (脸色惨白)饶命!大人饶命啊!

(衙役将人拖下行刑)

创作来源

白居易的廉洁小故事(传说故事)

唐朝贞元年间,著名诗人白居易考中进士后,被派往陕西周至当县令。

他刚上任,城西的赵乡绅和李财主就为争夺一块地跑到县衙打官司。为了能打赢官司,赵乡绅差人买了一条大鲤鱼,在鱼肚中塞满银子送到县衙。而李财主则命长工从田里挑了个大西瓜,掏出瓜瓤,也塞满银子送了来。收到两份"重礼"后,白居易吩咐下人贴出告示,第二天公开审案。

第二天,县衙门外挤满了看热闹的百姓。白居易升堂后问道:"你们哪个先讲?"赵乡绅抢着说:"大人,我的理(鲤)长,我先讲。"李财主也不甘示弱说:"我的理(瓜)大,该我先讲。"白居易沉下脸说:"什么理长理大?成何体统!"赵乡绅以为县太爷忘了自己送的礼,连忙说:"大人息怒,小人是个愚(鱼)民啊!"白居易微微一笑说:"本官耳聪目明,用不着你们旁敲侧击,更不喜欢有人暗通关节。来人,把贿赂之物取来示众。"衙役取来鲤鱼和西瓜,当众抖出银子,听审者一片哗然。白居易厉声喝道:"大胆刁民,胆敢公然贿赂本官,按大唐律法各打四十大板!"众百姓无不拍手称快。至于这些行贿的银子,白居易就用来救济贫苦百姓了。

创作感想

白居易的一生跌宕起伏,看尽朝政更迭,却始终未改青云志。从一开始"十年之间,三登科第"的意气风发到重回乡里的朴实宁静,再到周至上任,贴近民众生活,白居易看到了唐朝在安史之乱后,逐渐走向衰败的现实。白居易无疑是不幸的,生逢乱世,但同时他也是幸运的,他有一群志同道合的朋友,他们结伴行吟、针砭时弊,写出了《观刈麦》《长恨歌》等传世名篇,我们的剧本也就是改编自这个时期的诗作。白居易痛打行贿人,拒绝接受变相贿赂,这是他留给我们的最大的一笔财富——清廉为官之道。作为师范生的我们,既是学生,又是未来的教师。作为学生,清廉之道指引我们做一个廉洁自律、正直诚实的人;作为教师,只有己身正,才能以身为范,为学生树立廉洁正直的榜样!

教师评价

　　一起地皮争端,引出一个清廉的白居易。南怀瑾先生有句名联,"三千年读史,无外功名利禄;九万里悟道,终归诗酒田园"。白居易一生始终秉持"歌诗为民,清简为官"的廉洁初心,坚守清正廉洁。不管身居何位,始终心系百姓,为官一任、造福一方,为百姓办了很多好事实事,深受百姓的爱戴。他的著名廉政诗词《三年为刺史》写道,"三年为刺史,饮冰复食蘖。唯向天竺山,取得两片石。此抵有千金,无乃伤清白"。这是一首自责诗,因为其在卸任杭州刺史时带了两块天竺山石回乡作纪念。一天,他摆弄石块时突然醒悟:如果到天竺山游玩者都带几块天竺石走,天竺山的秀美岂不要消失殆尽?山石虽不值钱,但取之如同贪污,玷污了名声,这种可贵的自责精神、"慎微"的律己态度,令后人肃然起敬。因此品白居易的诗不仅要品其旷阔宏达的家国情怀,还要品其针砭时弊、勤政廉洁的思想。

梁晓凤　胡盼娜

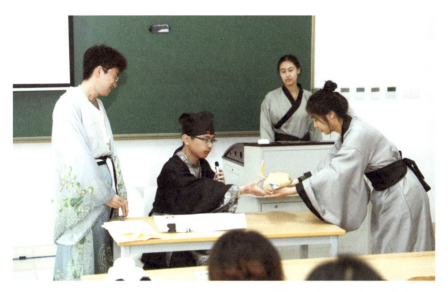

《白居易廉政爱民》小组表演剧照

金伊娜作品

东坡过寿
——好花一盆黎民情

沈怡悦　曹卓益 等

剧情梗概

　　苏轼是北宋时期的著名文学家,他在担任徐州知府时,率领徐州民众抗击洪水、修建黄楼、抗春旱、寻煤田、利国铁、医病囚、改弊政、兴旅游、弘文化,是造福一方百姓的父母官。本剧讲了一个小老百姓在苏轼五十大寿时给苏轼送礼的故事。

剧情人物

苏八娘、苏小妹、苏辙、苏轼、赵某、孙某、李某、钱某、仆1、仆2

第一幕 家中商议为苏东坡祝寿

旁白 苏轼是北宋时期的著名文学家,他在担任徐州知府时,以为官清廉、刚正不阿、不畏权势、执法严明著称,受到徐州百姓的称道和传颂,至今徐州城乡还流传着他的不少佳话。

苏八娘 今日天气甚好,冬日里的暖阳甚是难得,我们一家人在庭院中走走,也不失为一件妙事!

苏小妹 长姐,你瞧枝头的蜡梅开得正盛呢!(手指蜡梅)

苏辙 蜡梅开了,兄长的生辰也快到了。

苏小妹 对!不出半月就是兄长的五十寿辰了,前些年的生辰兄长一直在为公事操劳,今年我们一定要好好地为他祝寿!

苏八娘 东坡已经到了知天命的年纪,好好地为他办一次寿辰也不为过。

苏小妹 不如我们摆三天流水席,让大家都热闹热闹!

苏轼 不可铺张浪费!我们做官是为了造福一方百姓,让百姓能过上更好的日子,而非追求奢靡的生活。(摆手)

苏辙 虽是这样说,但是五十大寿不可不办呐!

苏轼 我想不如我们一家人围桌而坐,热热闹闹吃一顿团圆饭。

众人 如此甚好!

第二幕 邻里百姓出谋划策来祝寿

旁白 与此同时,街上的百姓也在七嘴八舌地谈论着。

赵某 喂喂,你知道吗? 半月后就是知府大人的五十寿辰了。

孙某 是啊是啊! 知府大人平日里如此辛劳,为了咱们徐州百姓尽心竭力,我们是不是该送些礼物聊表心意呢?(掰指头算)

李某 可是你们忘了吗? 知府大人从不收礼物,恐怕我们送什么大人都不会接受的。

钱某 这你们就不明白了。大人公正廉洁,自不会收一些贵重的礼物。可大人为我们徐州做了那么多实事。去年的冬天多冷啊,我们徐州却缺少木柴,是大人带人四处查探才找到了石炭,解了百姓的燃眉之急。我们还是要给大人准备一份寿礼,来表表我们百姓的心意。

孙某 钱姐,还是你最明事理! 那我们送什么给大人好呢?

赵某 不如我们送一盆月季花吧! 月季月月开放,正像大人为徐州尽心力、除赃官,从不停歇,同时也表明对知府大人身体安康的祝福!

钱某、孙某、李某 是个好主意!

李某 赵兄,你平日里与知府大人有些交情,不如由你代表我们去给大人送这份贺礼吧。

第三幕 苏府门前诗情"花"意

旁白 几日后,苏轼的生辰到了。赵某带着他的贺礼,来苏府登门拜访。

(仆1在苏府门口洒扫)

赵某 (叩门)(仆1开门)听闻今日是知府大人寿辰,我特上门祝寿,烦请姑娘通报一下。

仆1 请在此地稍候,待我通传一声。(正准备转身通报,忽然见到苏辙,行礼)

苏辙 请问尊姓大名,专登苏府拜访有何事啊?

赵某 我叫赵钱孙李,是来祝寿的。

苏辙 (邀请进门)哪有这样的名字呢?

赵某 我本姓赵,右邻姓钱,左邻姓孙,对门姓李,知府大人今天五十大寿,大家推举我送一盆月月红,给知府大人做寿礼。

苏辙 (有些为难)赵先生与百姓们的心意我们已经明了,可是知府大人从不收礼,还请赵先生见谅。

赵某 既然如此,烦请将我们的心意转达:"花开花落无间断,春去春来不相关。但愿大人常康健,勤为百姓除赃官。"

(苏辙摆手示意仆2记在纸上)

(仆2在纸上记,将纸递交给仆1)

仆1 (拿着纸进书房通传)大人,有客来访,特托小人传话,请大人过目。(将纸呈给苏东坡)

(苏东坡看纸条,笑,起身出门,行礼)

赵某 这是咱们徐州百姓的一片心意,还请大人收下吧!

苏轼 你的来意我已知晓,既是百姓的一片心意,那我就收下了。(让仆1收下月季花)"赵钱孙李张王陈,好花一盆黎民情。一日三餐抚心问,丹心要学月月红。"赵兄，里面请！

旁白 后来苏轼虽赋闲回家，但他一生清正廉明、惩贪除恶的好名声却在民间永远流传。

创作来源

丹心要学月月红（传说故事）

苏东坡是北宋的一位著名文学家，他在担任徐州知府的时候，以为官清廉、刚正不阿、不畏权势、执法严明而著称，受到徐州百姓的称道和传颂，至今徐州城乡还流传着有关他的不少佳话。

苏东坡五十岁的时候，家人要为其祝寿，苏东坡一再制止，并嘱咐家人不准宣扬。谁料，寿辰这一天来了一个送礼的人，只见他双手抱着一盆盛开的月季花，家人便问："请问尊姓大名，有何事？"来者说："我叫赵钱孙李，是来祝寿的。"家人听罢，奇怪地笑道："哪有这样的名字呢？"来者说："我本姓赵，右邻姓钱，左邻姓孙，对门姓李，知府大人今年五十大寿，大家推荐我送一盆月月红，给知府大人做寿礼。"家人听后，知是百姓心意，本想收下，奈何苏东坡从不收礼，只好叫来者说出理由，那人思忖片刻，道出："花开花落无间断，春去春来不相关。但愿大人常康健，勤为百姓除赃官。"家人把诗写在纸上，叫仆人把诗送给苏东坡看，让他自己定夺。不一会儿苏东坡出来了，亲自收下了那盆月季花，笑着咏诗道："赵钱孙李张王陈，好花一盆黎民情。一日三餐抚心问，丹心要学月月红。"

创作感想

苏轼在剧中有着一片廉洁丹心,作为历史上"文忠"这一谥号的代表人物,他配得上经纬天地、廉政爱民、忧国忘家的评价;而剧中送礼的老赵则是"民"的代表,"吃水不忘挖井人",民众感恩父母官,他以一盆月月红为寿礼来表达对父母官的感恩与期望。

苏轼的身份具有多样性,这么一个伟岸的人物形象肯定不可能通过几分钟的演绎完全呈现。但我们想通过他的家人、他治理下地方的人民与他交往的故事,尽可能地展现苏轼在日常生活中的言行举止及其所体现的人格与精神。

我们的剧本呈现的故事并不复杂,也不独特,但我们都认为官民一体的廉洁背后所蕴含的情感就应该是淳朴、直接的。这种官民之间的水乳交融之情,也正是全心全意为人民服务的真切体现。

教师评价

王国维曾经称赞苏轼:"三代以下之诗人,无过屈子、渊明、子美、子瞻者。此四子者苟无文学之天才,其人格亦自足千古。"子瞻就是苏轼。这四位诗人之所以受到王国维的推崇,除了他们的诗歌成就之外,还在于他们高尚的人格。苏轼曾在《赤壁赋》中写道:"天地之间,物各有主,苟非吾之所有,虽一毫而莫取。"不是我的,要分毫不取;就是我的,亦不可沉溺。通过这组同学们的演绎,我们看到了有着一片廉洁丹心的苏轼,他配得上"文忠"这一谥号,值得我们传承与发扬他廉政爱民、忧国忘家的高尚精神。正如这组同学自己评价的那样："我们的剧本呈现的故事并不复杂,也不独特,但我们都认为官民一体的廉洁背后所蕴含的情感就应该是淳朴、直接的。"或许这种过去常见的官民之间的水乳交融之情,也正是我们现在所缺失的。

梁晓凤　池唯嘉

《东坡过寿——好花一盆黎明情》小组表演剧照

《东坡过寿——好花一盆黎明情》小组表演剧照

七品芝麻官巧断案

林含笑　曹卓益

剧情梗概

明嘉靖年间,定国公副将杜士卿前往保定,查访奸臣严嵩之妹、一品诰命夫人严氏的罪恶行径。途遇严氏之子程西牛强抢民女林秀英,并杀死其兄林秀生。随后,严氏率众家丁来到林家逞凶,又打死林秀英的父亲林有安。清苑县知县唐成,为官清廉,他一上任,就下乡察访民情,林秀英拦路告状。因正逢巡按在此地视察,唐成去按院禀报,诰命夫人随之而来,颠倒黑白,大闹公堂。这时,林秀英也赶来告状,呈上杜士卿的柬帖。按院的官员们见双方各有后台,不敢审问,顺手把案子推给了唐成。唐成决心为民做主,他在县衙内升堂审问,以确凿的人证物证,驳得诰命夫人理屈词穷。蛮横不可一世的诰命夫人终被唐成扣押,解赴京城复命。

剧情人物

林秀英、东司大人、西司大人、唐成、五台大人、诰命夫人、衙役们、秋香、知府大人、书童、程虎、将军

第一幕 唐成巡逻，林秀英申冤诉状

旁白 明嘉靖年间，奸臣严嵩当道，其妹一品诰命夫人严氏倚仗权势、为非作歹。唐成身为清苑县县令，虽官卑职小，但将清廉铭记于心，常吟包拯的《题郡斋壁》："清心为治本，直道是身谋。秀干终成栋，精钢不作钩。仓充鼠雀喜，草尽狐兔愁。史册有遗训，无贻来者羞。"话说民间女林秀英的兄父相继被杀害，过程中程家家丁程虎误杀诰命夫人之子程西牛，林秀英含冤上告于唐成。

（琵琶声起，唐成、书童、林秀英上场）

旁白 锣鼓喧天齐把道喊

青纱轿里坐着我七品官

上任来刚刚才三天

百姓们纷纷告状到衙前

权贵们犯法要不惩办

我枉为百姓的父母官

我宁愿南牢草长满

不叫我的好百姓受屈冤

衙皂们开道去查看

忽听得轿前喊屈冤

林秀英 冤枉！

旁白 林门弱女秀英

年方一十八

状告诰命夫人依势作恶、纵子行凶

是民女有冤枉

可恨老诰命做事丧天良

宠溺犬子,横抢良民之女

如不严惩,民愤怎平

案件重大,不可草率鲁莽

唐成叫林秀英到按院告状

看众官如何审问

(琵琶声起)

第二幕 众官推托,唐成接手案件

东司大人 如此说来,贵县已到任三天了。

西司大人 刚刚三天啊,在这三天之内贵县拜客送礼忙得很吧。(轻蔑地看着唐成)

老大人出京来视察保定

惩贪官办污吏扫除奸佞

倘若是有半点徇私舞弊

老大人可是铁面不容情

唐成 大人——

宁做清官脱靴走

不做赃官落骂名

下官上任才三天整

有一民女就来申冤

被告的官高势强手遮青天

怎奈我官卑职小难以问刑

旁白 诰命夫人驾到。

五台大人 快快有请,奏乐,出迎!

(出场众官员迎接,纷纷向诰命夫人行礼,唐成行礼却被忽视)

五台大人 夫人驾临小衙,有何赐教?

(秋香呈上状纸)

(下人接状,呈状至五台大人)

诰命夫人 西乐侯之妻诰命严氏,告林秀英持刀行凶,无故杀死我儿程西牛。

(场外喊)

林秀英 冤枉!

五台大人 一案未了又来一案,州有州官,县有县衙,不许越衙上告。

唐成 老大人,诰命夫人能越衙上告,难道百姓就不能越衙上告吗?

诰命夫人 你果然来了。

林秀英 哪个怕你不成!

诰命夫人 唉!(挥棒要打,被唐成接住)

唐成 这里是公堂,不是你的府第!

诰命夫人 小小芝麻官,哪有你说话的地方? 呸!

林秀英 民女状告严诰命,她纵容恶子来行凶,还打死我的父亲!

西司大人 此女实在太胆大,竟敢藐视都察院,带下去入狱上刑!

唐成 大人息怒,这女子是怕我们审不了她的官司,是怕我们惧怕权贵、贪赃枉法,并非有意藐视老大人,还望大人开恩!

五台大人 贵县言之有理。

诰命夫人 真是官小话多!

五台大人 转状上来,(下人接状呈上)启状,告状人林门弱女秀英,状告严嵩之妹,西乐侯之妻一品诰命。

诰命夫人 闭嘴,你一介草民连个保人也没有,谁准你上告!

五台大人 是是是,下堂吧。

林秀英 慢着,柬帖夹在状纸中,是我保人写的。

（林秀英下,众官员围到五台大人旁看柬帖）

五台大人 此案若是要人证,

中山王府杜士卿。

一家在朝是拜阁老,

一家在朝是定国公。

这官司若是问错了,

这人头可就不保了。

唐成 势力大,难道就不要王法了吗? 真乃无用啊!

五台大人 东司大人,此案关系重大,要秉公而断啊。暂批你衙审问,审清

问明速报本院得知,快快接状。

（五台大人眼神示意,东司大人无奈接状,五台大人意欲逃跑,东司大人

向旁边看,发现了西司大人,将状纸塞给了西司大人）

东司大人 还是你接着吧你。(强塞)

诰命夫人 你往哪里去呀?

东司大人 下官我得回衙里,带人捉拿凶手。

诰命夫人 哎呀你给我滚!

西司大人 (苦笑)大官只把小官压,

他压我来,

我压他(指知府大人),

这两纸大状批你衙审问。

知府大人 是是是。(接过状纸)

（西司大人从诰命夫人后面跑走,知府大人后退撞到唐成）

知府大人 贵县过来,这两纸大状就批你衙审问。

唐成 下官必以理公断,大人请便。(主动接过状纸,知府大人逃走)这两纸大状五台大人都不敢审,偏偏就批在我的小衙门里审问了,可真别看我的官小芝麻大,衙皂们伺候带诰命。(衙皂准备上去押诰命)

诰命夫人 大胆!我乃御封一品诰命夫人!

唐成 王子犯法还与民同罪!

诰命夫人 小小七品芝麻官,你有何资格把我管?

唐成 当官不与民做主,我不如回家卖红薯。于谦的《入京》写得好:"绢帕蘑菇与线香,本资民用反为殃。清风两袖朝天去,免得闾阎话短长。"

(琵琶声,升堂)

第三幕 一品夫人行贿,唐成巧计断案

旁白 回府后,诰命夫人派人送来礼单,想贿赂唐成,唐成假意收下,实则请君入瓮,待为民女秀英平反冤情。

唐成 升。(衙役们往旁边一站)

唐成 夫人请看。(悄悄掏出礼单)

礼物我已收到

是非我已明了

下官心中有数

定叫她法网难逃

诰命夫人 只要你能为侯府效劳,那好处是少不了你的。

唐成 好好,升堂。

林秀英 太爷与我父兄申冤呐!

唐成 姑娘莫害怕

夫人莫怒发

本官既不贪赃

也不枉法

定能主持公道

林秀英 太爷,老贼婆打死我父兄,望太爷与我把冤伸。

　　　　(诰命夫人把唐成从椅子上推下来)

诰命夫人 你父女杀死我儿命,小唐成,快快把林女问斩刑。(唐成与诰命夫人推搡)

诰命夫人 你这狗官!

唐成 夫人,夫人息怒。

我问案可是要提名道姓

夫人你可得受点委屈呀

诰命夫人 倒还罢。(唐成拍板,诰命夫人吓得转身)

唐成 严氏!你儿是何职?

诰命夫人 我儿堂堂守备。

唐成 大胆林女,竟敢杀死诰命之子堂堂守备,眼中还有王法吗? 还不从实招来!

林秀英 太爷,我一弱女子手无寸铁,怎能杀死他堂堂守备?

唐成 是啊,夫人,你那儿子再草包,也能打她七八十来个呀! 我问:他为什么死在你家?

林秀英 他儿子上我家抢亲来了!

诰命夫人 我的儿找她去讲理,林家却拐走我一女仆。

林秀英 太爷,老爹爹今年七十岁,难道说林秀英我拐她的女仆?

唐成 哎呀,夫人,你怎能这样讲呢? 七十岁的老汉会拐你的女仆吗? 十七八的大闺女会拐你的女仆吗? 你的女仆叫什么名?

诰命夫人 我的女仆叫秋香。

唐成 秋香?

秋香 有。

唐成 上堂。

秋香 是。

唐成 秋香,是谁把林有安打死的?

秋香 那……那是我打死的。

唐成 你为什么把他打死啊?

秋香 那是我夫人.......

唐成 不动大刑量你不招,来!

衙役们 有!

唐成 把秋香拘起来!

秋香 大人饶命! 我说实话,我说实话呀! 当时我夫人命我将林有安打死,是我不忍心下此毒手,我夫人就夺过手中棒,把林有安打死了。

林秀英 爹爹!(掩面哭泣)

唐成 秋香,这可都是实情吗?

秋香 这是我亲眼看见的。

唐成 凶器收存,画供。

书童 是(将纸递给秋香),画供。

(秋香画完之后,唐成便让衙役将秋香带下去了)

诰命夫人 小唐成啊,你咋把我的秋香给放走了?

唐成 哎呀夫人,放走了秋香不是少个人证吗? 我这都是为你好啊。

诰命夫人 小唐成,我咋看你咋不对,你可不要胳膊肘往外扭,吃里爬外呀,你要真的心中有数,快将她定罪处死给我儿雪恨。

林秀英 太爷呀,程贼西牛乃是程府家丁程虎杀死,与民女无关。

唐成 是真的吗?

林秀英 若有半句虚假,任凭太爷发落!

诰命夫人 你真是血口喷人!

唐成 住口! 本县自有公断,你且下堂听传听审。

林秀英 多谢太爷。

诰命夫人 你收下我的礼物,又放走了凶手,这原来就是你的心中有数,

　　　　难不成我的礼物就白白入你肚中?

唐成 礼可没有白送啊?

诰命夫人 没有白送?

唐成 我要不收下你的礼物,你能到我的小庙里来吗?

诰命夫人 你真是个骗人精啊!

　　　　(诰命夫人把桌上的东西打落在地,两人互相瞪着对方,不肯退让)

诰命夫人 呸!

唐成 呸!

　　　　(诰命夫人欲走,唐成示意带下一个证人)

唐成 带程虎。(诰命夫人止住脚步回头)

程虎 见过太爷。(被拖拽上场)

唐成 程虎,你家少爷是谁杀死的?

程虎 那……那是我误杀死的。

唐成 林秀生是谁杀死的?

程虎 那是我家少爷勒死的。

唐成 林有安是谁打死的?

程虎 是……(看向诰命夫人)是我家夫人打死的。

诰命夫人 程虎,你……(伸手指着程虎)

程虎 夫人,我也顾不得你了哇!

唐成 为虎作伥、贼喊捉贼、陷害良民、押进死囚、监禁终身。(拍案,程虎被带了下去)夫人,程虎的口供你听见了吗?

诰命夫人 我听见了又能怎样,这场官司我非胜不可了!我看你小小芝麻官能把我这一品诰命夫人怎么样?

唐成 大胆诰命!你倚仗权势、纵子行凶、抢占民女、连伤二命,又用厚礼贿赂七品县令,目无王法,罪加一等!(拍案)

旁白 陛下御批公文到!

将军 清苑县令唐成听命。

唐成 在!

将军 定国公徐老将此案奏明圣上,万岁御批(开圣旨):

责令清苑县知县唐成,速将此案审清问明,连同一干犯人,即日押解进京,不得有误!

唐成 遵命。(将军下,唐成转向诰命夫人)老诰命,御批公文已到,你看见了吧,咱们一同进京吧!

(诰命夫人被押,唐成踢了诰命夫人一脚)

唐成 你们谁见过,我这七品芝麻小官审太太,你的赤金元宝我不爱,哈哈哈!

(押解着相关人员进京,下台)

(展示书法:当官不与民做主,不如回家卖红薯)

(众人齐上,朗诵诗句)

居高官享厚禄多么光彩,一时间成死囚你令人悲哀。

细想来当官的人都要自爱,须牢记自律二字不可丢开。

一不能贪赃受贿成腐败,二不能迷恋女色官风歪。

三不能仗权势为非作歹,四不能袒护坏人添祸灾。

五不能枕边来风刮裙带,六不能儿子出手老子做后台。

当知道,俸禄饷银赋税官债,都是百姓血汗钱财。

当知道,心存百姓,百姓爱戴,压榨百姓,百姓拆台!

创作来源

豫剧戏曲电影《七品芝麻官》

创作感想

　　《七品芝麻官》把正与邪、美与丑、真与假、善与恶、清廉与腐败的矛盾冲突,在平民化、世俗化的笑声中展示出来。这部戏重要的特点就是热烈地歌颂了激浊扬清,张扬了天地正气,有一种现实主义的精神,是真的贴近现实的幽默。戏剧带有一定的理想化色彩,满足了民间老百姓揭露强权和控诉不公的愿望。唐成在这里绝不是一个丑角,而是体现了一种文化理想,一种为民做主的理念,一种官民一家的思想。王阳明先生曰:"古乐不作久矣,今之戏子,尚与古乐意思相近。"《七品芝麻官》以丑角唐成戏剧化地表现了当时官场的趋炎附势、黑暗欺诈的现象,批判了黑暗腐败的政治,鞭挞了为非作歹的权豪势要、贪官污吏。

教师评价

谈到《七品芝麻官》，如果你只能想到周星驰的《九品芝麻官》，那可真的有点遗憾，戏曲界的《七品芝麻官》——"唐知县审诰命"那才是经典中的经典，一句"当官不为民做主，不如回家卖红薯"，不仅仅给老百姓带去了欢乐，也激励了一代代的父母官。唐成，与我们之前说的于谦、陆游不同，他是一个来自下层的土生土长的小芝麻官，无权无势，因为有着与下层人民共同的经历，所以他才能对群众的疾苦感同身受，才能与穷苦百姓站在一起，才能在面对封建特权阶级时保持斗争的勇气。我们不是唐成，无法对他的经历做到真正的感同身受，但我们能从这个封建制度下仍坚守刚直而廉洁的下层官吏身上学到一些自律、一些自爱、一些保持清清白白的勇气。

梁晓凤　胡盼娜

《七品芝麻官巧断案》小组表演剧照

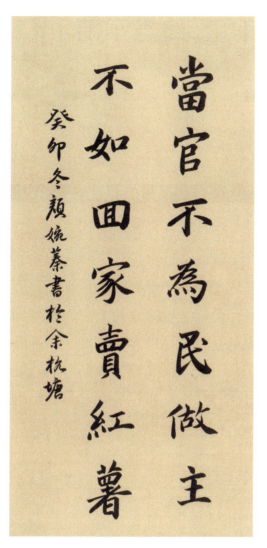

当官不为民做主

不如回家卖红薯

癸卯冬颜婉蓁书于余杭塘

颜婉蓁作品

一歃怀千金，终当不易心

丁锦妃　曹卓益

剧情梗概

东晋时期，战乱频仍、权贵当道、贪腐成风，廉吏吴隐之到任之初便不畏"贪泉"恶名，当众饮下贪泉水并立志破除流言；上任后吴隐之拒绝谄媚奉承、打击贿赂行径，严惩马奔远，归还乌族镇族之宝；任职期满后吴隐之赴京任职，发现妻子收受富商的沉香木，毅然秉持廉政初心，将沉香木归还原主。

剧情人物

说书人、群众、棉花商、盐商、乞丐、吴隐之、书童、三虎、马奔远、妻子

序幕 一说书

说书人 给诸位看官请安(作揖)，今儿个咱来和大伙儿唠唠那东晋时期以清廉著称的官儿。要说这个官儿啊，他卖狗嫁女、清廉乐善的故事为人称道。美姿容，善谈论，博涉文史，以儒雅称名。弱冠而介立，有清操，虽儋石无储，不取非其道。总之，那叫一个廉洁啊！

群众 别整这些，说点实际的！谁啊？

说书人 唉唉别急，咱上边说的这位啊，就是吴隐之，吴大夫！(拊掌)这个故事啊要从一口贪泉说起，"一酌怀千金"，喝一口就贪一千金！此贪泉，人若饮下便贪得无厌，纵使再清廉的人也不得幸免，岭南前六任刺史皆因饮此水而贪腐被罢免。诸位，请看。

第一幕 饮贪泉

乞丐 各位好心的大爷大妈，给点赏钱吧！

棉花商 卖棉花咯！卖棉花咯！哎等等！让开，你个臭乞丐！(把乞丐踢倒)

乞丐 哎哟！(倒地)

(棉花商走到泉边喝水)(停顿)(往棉花上疯狂洒水)

盐商 卖盐咯！唉！你这是在干什么？

棉花商 干什么？你怎么连这都看不懂？棉花掺了水当然会变重，变重了能卖的钱自然也就多了。

盐商 (尝一口水,眼骨碌一转)哦——懂了懂了,我也来!(往盐上洒水)

乞丐 哈哈,真是一对蠢人!这棉花吸水就重,棉花商你还未走到市集,背带便已断裂,一筐棉花统统作废;盐商你有样学样,更是愚蠢,盐遇水则融,盐水渐渐沥沥,全还给土地公公了!

乞丐 唉,又有人来了——

乞丐 大善人,给点钱,可怜可怜我吧。

吴隐之 这乞丐好生可怜,给他点银钱吧。(书童投钱)

乞丐 谢谢大人,谢谢大人!(双手作揖)

书童 大人你看,这儿有口泉,正好口渴了,我们喝点吧!

乞丐 大人喝不得啊,这可是传说中的贪泉!

书童 啊!呸呸呸,大人,我们快些赶路吧,等到了府衙就能歇息了。

吴隐之 (捧水喝)别说,还挺甜。

书童 天呐,大人!你怎么喝了!这这这,快点吐出来吧!您就不怕当贪官吗?

吴隐之 哈哈哈,清廉靠个人意志,岂能因为一掬水而改变呢?清者自清,我定要还岭南一个朗朗乾坤!

第二幕 陷危机

说书人 诸位看官,别看这吴隐之喝了贪泉水后好似无事发生,实际上贪泉的威力尚未显现,后来的故事可谓险象环生,若知后事如何,请待下回分解——

群众 别在这吊人胃口，二两银，买先生接着讲。

说书人 (接银)好嘞，那咱就从某天吴大夫遭遇刺杀说起。

吴隐之 说来这乌族镇族之宝被抢一案如何了？

三虎 回大人的话，已经查明是马奔远所为，只是……

吴隐之 只是什么，尽管说来，吞吞吐吐的做什么？

三虎 是！这马奔远的舅父乃是谢石丞相，我们大家都知道谢石丞相是您的恩师，马奔远仗着这一点，狂言您不敢拿他如何——

吴隐之 好一个马奔远，拿着鸡毛当令箭，纵使他是恩师侄子又如何！该抓抓，该审审，有何好摇摆不定的！三虎！

三虎 在！

吴隐之 去将那马奔远捉拿归案！

三虎 是！

书童 大人，这马奔远的舅父毕竟是您的恩师，您若抓了他，谢丞相那边该如何交代啊？

吴隐之 何惧之有？我恩师是个明事理顾大局的人，他自然会站在公正的一方，我等着便是了。

马奔远 吴大人且慢，抓捕马某何须如此兴师动众？自该马某登门拜访，但你可知你的恩师谢石丞相是我什么人？

吴隐之 是你舅父。

马奔远 你既然知道，又何必管那乌族之事？哦，我明白了，来人呐，把东西抬进来！

(群众抬箱子上，打开箱子)

吴隐之 哦？此为何物？

马奔远 吴大人，舅父谢丞相既是你的恩师，那您也算我半个亲族，这是我孝敬您的。

吴隐之 如此多的奇珍，是从何而来？

马奔远 当然是从那乌族中来。

吴隐之 好哇！人赃并获，你还有何话可说，三虎，还不把人拿下！

（三虎暴起，二人打斗）

马奔远 好你个吴隐之！你既不识好歹，那今天就送你上路吧！(举剑冲向吴隐之)

（三虎飞身挡剑，中剑吐血倒地）

（群众压制住马奔远）

吴隐之 (掩面落泪)把这罪人押下去，择日问斩！(停顿)把这些珠宝带下去，过几日派人送还乌族。

第三幕 吟贪泉

说书人 这个故事说来啊，就是一纨绔子弟马奔远欲向舅父——谢石丞相献礼，霸占了乌族镇族之宝。吴隐之劝谏物归原主，马奔远拒不归还，双方剑拔弩张，马奔远狗急跳墙，刺杀吴隐之，衙役三虎为保护吴隐之挡剑身亡。马奔远即将问斩，吴隐之恩师、马奔远舅父谢石丞相前来求情，面对恩师求情、三虎之女小燕子的哭喊，吴隐之陷入情与法的艰难抉择中，在权势与百姓的天平上，他还是选择了清廉正义。随后吴隐之再次得到朝廷重用，被擢升为监察御史。富商贾老爷听闻此事，特意前来献上沉香木，希望给自己儿子谋个一官半职。

乞丐 (倚靠在贪泉边上)吴大人，给点赏钱吧！

吴隐之 (走上前)临走之际又见这可怜人,便再给些银钱吧。书童,去包裹里取些银钱来吧。

书童 (走到后面包袱边,开始翻找)嗯? 这儿怎么有块沉香木?

妻子 听我道来,这地一名乐善好施、为人大方的富商,听闻老爷得朝廷重用,思虑其怀才不遇的儿子,因此送上这块沉香木,希望老爷能在圣上面前美言几句。但念及老爷为人清廉,断不会接受这贵重之物,于是就送到了妾的手上。妾念及这儿子满腹才华却无法施展,若因老爷美言能为圣上效力,也不失为一件美事,因此便收下了。

吴隐之 (眉头紧皱)不可如此。书童,快回去还给那位贾老爷。

乞丐 (连连鼓掌)早听闻吴大人有廉吏之名,如今一看,大人果真不负这清廉之名。

吴隐之 古人云此水,一歃怀千金。试使夷齐饮,终当不易心。依我看,这贪泉不如从此改叫甜泉吧!

说书人 这个故事从一口贪泉说起,也以一口贪泉结束,体现的是吴隐之坚守本心、崇廉拒腐、尚俭戒奢、廉以齐家的廉吏形象。从此,贪泉便不再是贪泉,而是吴隐之为官精神的体现,也是警醒后人廉洁的标志。

(所有人一齐:铲腐倡廉长剑铸,斩尽狐鼠与豺狼。愿化一泓甘泉水,润绿属地富一方)

创作来源

晋书·吴隐之传(节选)

[唐]房玄龄

朝廷欲革岭南之弊,隆安中,以隐之为龙骧将军、广州刺史……未至州二十里,地名石门,有水曰贪泉,饮者怀无厌之欲。隐之既至,语其亲人曰:"不见可欲,使心不乱。越岭丧清,吾知之矣。"乃至泉所,酌而饮之,因赋诗曰:"古人云此水,一歃怀千金。试使夷齐饮,终当不易心。"及在州,清操逾厉,常食不过菜及干鱼而已,帷帐器服皆付外库,时人颇谓其矫,然亦始终不易。

……

子延之复厉清操,延之弟及子为郡县者,常以廉慎为门法,虽才学不逮隐之,而孝悌洁敬犹为不替。

译文

朝廷想要革除五岭以南的弊病,隆安年间任命吴隐之为龙骧将军、广州刺史……离广州治所二十里处的地方,名叫石门。有一汪泉水,被称为贪泉,传说人只要喝一口贪泉水,就会有无尽的贪欲。吴隐之到达这里,对他周围的亲信说:"不看到可产生贪欲的东西,就能使心境保持不乱。越过五岭就丧失清白的原因,我现在知道了。"于是他来到泉旁,舀上泉水喝下去,并作诗说:"古人云此水,一歃怀千金。试使夷齐饮,终当不易心。"等他到了广州,清廉的节操更加突出,经常吃的不过是蔬菜和干鱼罢了,帷帐、用具与衣服等都交付外库,当时有许多人认为他是故意作假,然而他却始终如一。

……

他的儿子吴延之同样坚持清廉的操守,延之的弟弟和儿子中担任郡、县长官的人,常以廉洁谨慎作为家门传统,虽然他们的才学比不上吴隐之,但孝敬父母、敬爱兄长、廉洁奉公的作风还是没有改变。

创作感想

如果说东汉的杨孚正直勤政,是因为他有幸遇到了明君治世,那么在大约三百年之后分裂动荡的东晋末年,却有这样一个人,面对一口据说饮后必生贪念的"贪泉",敢于犯险试酌,用一生的克勤克俭、清恪自守,证明贪欲生于人心,而不在于环境,为后世为官者做出了表率。

"一歃怀千金"的贪泉不能影响吴隐之廉洁正直的品行,尽管遭遇多次贿赂和利诱,吴隐之仍旧能够坚定地站在人民群众的一方。"古人云此水,一歃怀千金。试使夷齐饮,终当不易心。"这就是被《晋书》推为"晋代第一良吏"的吴隐之所作的著名的"贪泉诗"。其饮"贪泉"的典故,曾被王维、李白、白居易、钱起、苏轼等人的诗文广泛引用,更因王勃《滕王阁序》中的名句"酌贪泉而觉爽,处涸辙以犹欢"而誉满天下。

"贪泉"的存没与岭南古代官场的关系足以证明,吴隐之对"廉"

的见解是十分精辟的——一个人是否廉洁,归根到底在于内心信念是否坚定。吴隐之在一千多年前尚且明白这个道理,今人更应引以为戒。

吴隐之两袖清风,不贪一分一厘,清廉家风世代传,他的子孙继承并发扬了清廉的家风,岂不为一桩美谈?

教师评价

本剧的剧眼"贪泉",因其"饮后必生贪念"的言论,成为贪官污吏的借口。吴隐之的先祖——吴质,可谓一个天天喝盗泉之水的人,但这种恶风却并未传承下去,吴隐之以身试泉,说明有贪欲之人并非因饮贪泉而贪,而是因为他们的贪欲从心中生了出来。这种恶风终将会被一股清廉之风所取代,这就是邪不胜正!吴隐之所作"贪泉"之诗——"古人云此水,一歃怀千金。试使夷齐饮,终当不易心",其中所言"夷齐",是古代的高洁之士,而从吴隐之和其子孙的风范来看,他们也堪称后世"夷齐"。吴隐之曾告诫身边人"不见可欲,使心不乱",保持心境澄明,故而处浊流亦能自清;反之,若因贪念动摇了心志,进而利用职权徇私渔利,却归咎于外部因素的诱惑和误导,不过是推卸责任、自欺欺人罢了。本剧以"贪泉"为主线,串联起"饮贪泉""陷危机""吟贪泉"三幕,锁定了吴隐之身上廉洁正直的作风,贴"品古典诗文 话廉洁家风"的主题。家风蔚然,其子吴延之也是清廉如父,史称"复厉清操"。而吴延之的子孙后代,则以"廉慎"二字作为家风,虽然他们在政治上的成就远不如吴隐之,但在清廉、低调、孝顺等美德上,却是一直保持了先祖的风范。

梁晓凤　池唯嘉

《一献怀千金,终当不易心》小组表演剧照

范进中举那晚的二三事

徐乐楠　曹卓益

剧情梗概

　　话说这范进被他干惯了杀猪营生的老丈人胡屠夫打了一嘴巴后,就陷入昏迷状态。范进昏迷之后做了一个漫长的梦,梦中的范进,考取了进士之后作威作福、贪污腐化,忘记了爱民之心、仁义之心、孝悌之心,最终被京城巡抚黄善祯揭穿,在惊恐中醒来。本剧以范进昏迷之后所做的梦展开叙述,意在由此讲述一个有关"廉洁""孝悌"的故事。

剧情人物

范进、群众 1、群众 2、黄巡抚、商人、轿夫、陆师爷、范母、邻居

第一幕 范学道作威济南府,陆师爷秘计对京察

范进 (上场,拉开轿帘,眼神睥睨,低声喃喃)想我范某人中乡试以来一路高歌猛进,如今更是考中了进士,这四品的乌纱果真比那举人来得好使,再看这帮路边的草民与本大人也早就是云泥之别咯!

旁白 有道是"昔日龌龊不足夸,今朝放荡思无涯",自从被圣上钦点为山东学道以来,这平日里穷酸落魄的书生像是换了副面貌,可谓"四品的官帽头上戴,四书五经反着来"。别看他满口仁义道德,私下里可没少干中饱私囊、鱼肉百姓的勾当。

群众1 (眼见得前方坐着八抬大轿徐徐驶来的范进,敢怒不敢言,只敢齐齐低下脑袋躬身于路旁)范大人好。

范进 (听闻此声,不由得让前方轿夫把轿子停下,向路旁拱了拱手,敷衍道)多谢各位抬举啊! 范某当殚精竭虑、勤政为民啊!

(轿子前行,缓缓落在一座富丽堂皇的宅子前)

商人 看这宅子的样貌便不似寻常百姓人家,亭台楼榭、花鸟虫鱼应有尽有。小后生,这是谁家的府邸呀? 老朽去京城经商不过半载,怎么就发生了如此变化啊?

群众2 老先生您有所不知,这宅子唤作范府,其主人乃是当今山东学道范进,建这宅子可真是苦了咱们老百姓咯,您看见那门口刷着黑漆的柱子了吗? 据说就这两根柱子就值这个数。(拿手比画出"五")

轿夫 (不等范进开口,轿夫便大骂道)前方何人喧哗,还不快滚! 这范大人的府邸也是你们这些人能议论的?

商人 (叹气,轻声悠长道)"何须琥珀方为枕,岂得真珠始是车",我看这范大人的好日子怕是到头咯。

旁白 今天我们的范学道可没有心思欣赏他这令人艳羡的大宅子,更不用说理睬那些讨要赏钱的轿夫了。

范进 (脚步匆匆地迈进大门,三步并作两步走向内院)快给我叫陆师爷! 陆师爷何在?(播放音乐《满江红》)

陆师爷 (向前扶住范进)唉,下官在呢! 下官在呢! 范大人莫急,范大人何事惊慌啊?

范进 (面红耳赤)何事惊慌! 何事惊慌! 这路边的草民都知道京察巡抚快到济南府了,你这号称"未出茅庐便知天下三分"的"小诸葛"竟然在问本大人发生了何事! 我养你们这群饭桶有何用!

陆师爷 (将一将那稀疏的胡子)范大人(拖长声音),下官早有一计,不知当讲不当讲。

范进 (逐渐平静,略带不耐烦)这里只你我二人,但说无妨。

陆师爷 (微微躬身,仍然仔细打量四周,靠近范进耳朵,小声出谋划策)

第二幕 范学道返乡探母病,读书人半途弃初心

范母 (躺于床上,疲惫不堪)儿啊,你老实跟娘讲,我还有几日可活?

范进 娘! 您想啥呢,我专从京城请来的御医刚刚都说了您没事,您好好歇息,再过几日便可以出门了。

范母 (轻轻叹气,摆了摆手,有气无力地说道)儿啊,你别骗我了,街坊邻居这几天都来看我了,你那老丈人也好几天没杀猪了,天天上门问我怎么样了,就连你,你都回来了。

范进 (焦急状)娘啊,您的身体真无大碍啊,我老丈人说我是那天上的星宿,您便是那玉盘子啊,怎么可能有问题呢!(坐在床头,轻声说道)但是有一事娘您有所不知啊,上头的京察就快查到您儿子头上了,我听说啊,坐在养心殿的那位爷最喜欢的就是孝顺的官儿,这才七拼八凑地凑了点时间来看您啊!

范母 为娘我啊听得是稀里糊涂啊,但是孝顺好啊,孝顺准没错,孝顺的人当大官。儿啊,为娘知道你官做得大,你也别怪娘多嘴,娘最后还要告诉你一句,万万不可当贪官啊!

范进 (面色苍白,挤出一丝笑脸)娘,您儿子就跟您这墙一样,清清白白!

旁白 这范进心里想的可是"哼,本官穷了大半辈子了,这'贪'字便是时时刻刻在提醒我'常思当前之利,专务现在之得',过去那般苦日子便是我为此积累下的功德"。

第三幕 伪孝子展露真面目,黄巡抚点醒梦中人

旁白 范孝子探亲回来不到半月,他守孝道的美名便已经在整个山东传遍。而此时,他正在济南府内,向那京城来的黄巡抚述职。

范进 (向巡抚行礼后微微抬头,发怔)黄巡抚,下官与您素昧平生,初次见面却只觉得眼熟,想来这便是缘分。您远道而来,下官有失远迎,还请您恕罪啊!

黄巡抚 范学道客气了,如今这山东上下,谁人不知您范大孝子的美名呢?想来也是惭愧啊,在下已三年未曾回乡探望我那年迈的老母

亲了。

范进 (恭维状)巡抚大人过誉了,那范文正公说过"居庙堂之高则忧其民,处江湖之远则忧其君",令堂大人知道您为民造福,想来也是欣慰之极,毕竟自古"忠孝难两全"啊! 不妨今日范某做东,也学学那诗仙"五花马,千金裘,呼儿将出换美酒",与巡抚大人同销万古愁,喝他个一醉方休!

黄巡抚 (语气突变)这么说来范大人是忠孝皆失啊!(愤怒)你范进鱼肉百姓、大兴土木,就连探望母亲都是走个过场!(轻蔑状)这圣上的喜好你倒是摸得一清二楚,本官此次奉命京察,查的就是你这样趋炎附势、祸害民生之徒! 我看你范进,怕不是做官做疯了!

范进 (语无伦次,双目失神)疯了,疯了……

(黑幕)

(场景切换为范进贫困的家中)

范进 (穿着破烂衣裳,昏迷中念念有词)疯了,疯了……(惊醒)

邻居 (三言两语)范大人,您,您终于醒了,您现在是举人了!

创作来源

儒林外史（节选）

[清]吴敬梓

　　范进三两步走进屋里来，见中间报帖已经升挂起来，上写道："捷报贵府老爷范讳进高中广东乡试第七名亚元。京报连登黄甲。"范进不看便罢，看了一遍，又念一遍，自己把两手拍了一下，笑了一声道："噫！好了！我中了！"说着，往后一跤跌倒，牙关咬紧，不省人事。老太太慌了，慌将几口开水灌了过来，他爬将起来，又拍着手大笑道："噫！好！我中了！"笑着，不由分说，就往门外飞跑，把报录人和邻居都吓了一跳。

　　……

　　范进看了众人，说道："我怎么坐在这里？"又道："我这半日，昏昏沉沉，如在梦里一般。"众邻居道："老爷，恭喜高中了。适才欢喜的有些引动了痰，方才吐出几口痰来，好了。快请回家去打发报录人。"范进说道："是了。我也记得是中的第七名。"

　　……

　　话说老太太见这些家伙什物都是自己的，不觉欢喜，痰迷心窍，昏绝于地。家人、媳妇和丫鬟、娘子都慌了，快请老爷进来。范举人三步作一步走来看时，连叫母亲不应，忙将老太太抬放床上，请了医生来。医生说："老太太这病是中了脏，不可治了。"连请了几个医生，都是如此说。范举人越发慌了。夫妻两个守着哭泣，一面制备后事。挨到黄昏时分，老太太淹淹一息，归天去了……

创作感想

　　在《儒林外史》中,范进在中举后不久,其母亲便去世了,按照当时规定,范进须回家为母守孝三年,在这三年期间,范进认真读书,考上了进士,并最终在京城官员周进的帮助之下,官至四品,任山东学道,成了为民造福的清官。本剧通过范进中举后的一场梦来讲述他在当上山东学道后不知廉洁、不守孝悌的故事,与真实生活中范进的所作所为大相径庭。或许我们可以猜测,在范进昏迷做梦的那段时间,他所做的正是本剧所讲述的梦,而他也因此深受启发,最终选择了做一个知廉洁、守孝悌的官员。

　　在我们现实的生活中,"为师之道,端品为先,学高为师,身正为范"。我们通过这样一个反面的故事,时刻告诫自己作为未来的小学老师,首先应规范自己的言行、修养自身的品格,在教学的过程中既要对学生进行知识内容的传授和技能水平的训练,更要将"廉洁""孝悌"这样的优秀品质用言传身教的方式传递给学生。

教师评价

　　这组的同学通过范进中举后的一场梦讲述了他在当上山东学道后的故事,这其实与真实生活中范进的所作所为大相径庭。但在介绍范进真实的一生前,我想先问同学们一个问题:如果你一朝暴富,但由于某些不可抗的原因,你需要在三年后才能动用你的财富和权力,你会如何计划这三年以及你之后的人生呢?

　　范进真正经历了这样的人生,在《儒林外史》中范进在五十四岁时中举,但母亲在此时去世,他须丁忧三年。在这三年间,范进认真读书，考上了进士，在京城官员周进的帮助之下，官至山东学道，成了为民造福的清官。范进也许在一些人眼里是迂腐的象征，但在另一些人的眼里是大器晚成的人。"朝为田舍郎，暮登天子堂"说的就是范进，但他并没有迷失在繁华的名利场里，反而从人民中来，回到人民中去，这不是大智慧，又是什么呢？

梁晓凤　　胡盼娜

《范进中举那晚的二三事》小组表演剧照

但愿苍生俱饱暖，不辞辛苦出山林

谢一承　曹卓益

剧情梗概

　　于谦从小以文天祥为榜样，立志成为像他一样的人。于是，他从小就熟读四书五经及兵法。23岁的他顺利中了进士，后来被任命为御史。正统年间，朝廷权力掌握在王振手中。王振是一个极度贪婪的人，雁过拔毛。地方官向其述职都要准备厚礼，于谦拒绝同流合污，不搜刮百姓的一丝一毫。多年后，于谦被斩首处决，众官员抄检于家时，竟一无所获。

剧情人物

少年于谦、老师、王振、侍卫、巡抚、于谦、于谦朋友、官员1、官员2

第一幕 少年于谦

旁白 1398 年,这一年,大明帝国飘荡着尘埃,她失去了她的缔造者——朱元璋。可也就是在这一年,杭州的一户普通人家诞生了她未来的拯救者——于谦。

（少年于谦坐在书桌前,拿着一本《论语》,书桌上放着一堆书）

少年于谦 三军可夺帅也,匹夫不可夺志也。岁寒,然后知松柏之后凋也。

（接着从书桌上拿起一本《孙子兵法》）兵者,国之大事,死生之地,存亡之道,不可不察也。

（声音渐轻,后仔细翻阅,不出声,表情严肃,做仔细思考状,缓慢合上书,起身,走到文天祥的画像前端详）

老师 廷益啊,你为什么最近总是到文天祥的画像前来膜拜?

少年于谦 （仔细听完老师的话,正色严肃）文公高义,是我辈楷模。我一定要做个像他那样的人!

（老师捋着胡须,微微点头）

少年于谦 今夕何夕,斗转河斜,中有芒光,正是文山先生啊!

老师 （拍了拍少年于谦的肩膀）真正能做到这样的人并不多啊,不过我相信你,廷益。大明可不能像南宋一样偏安一隅啊,你将来应该考取功名,为国效力。

旁白 1421 年,于谦二十三岁,此时的他正准备赴京会试。他将告别自己生活了二十多年的江南水乡,前往风云际会又满是惆怅的都城——北京。在京城的这次考试中,他顺利考中进士,并被任命为御史,后又拜为巡抚。

第二幕 送礼

（王振家，王振坐在椅子上，思考问题）

侍卫 大人，两地巡抚求见。

王振 （停止思考，目光转向侍卫）让他们进来。

侍卫 是。

巡抚 （满脸微笑）王大人，今年湖广大稔，百姓安居乐业，小人我也多得了些火耗来孝敬您啊。（挥手，侍卫拿着黄金进来）还望您能在陛下面前……

王振 （看了眼黄金）哎呀，你看你说的，这不就见外了吗？我们俩谁跟谁啊？跟着我王振，以后保证你能高升啊。

（两人相视大笑）

巡抚 （收起笑容）王大人，时间也不早了，地方上的事务繁忙，小人还要赶回湖广。下次来啊，贺礼肯定不会少的。告辞，王大人。

于谦 （拱手）王大人，今年山西、河南农民丰收，百姓安居乐业，整整多了上千户人家。贪官也已经大量肃清，风气正在好转。（语毕，转身告辞）

王振 （不悦，起立）唉，于侍郎，怎么说你也应该赚了不少银两吧。怎么不表示表示呢？

于谦 王大人说笑了，身为百姓的父母官，陛下给的俸禄早已足够，又怎能从儿女身上搜刮民脂民膏呢？王大人也收手吧，陛下给你的好处还不够吗？还想捞百姓的钱？你看看大明的百姓吧，一年到头，辛苦劳动，还剩下什么？而你（重音，冷笑）……

（于谦头也不回走了）

王振 （愤恨地将手中的笔狠狠地摔到地上）气死我了，把于谦关起来！

侍卫 （轻声与王振耳语）地方上的官僚百姓都在帮他说话，内阁也在为他求情。有些藩王也出面要保他，他们还劝你，不要把事情做绝。

于谦朋友 你多少送点东西吧，咱们打打关系，也给王公公个面子，你也知道他权倾朝野。

于谦 (叹气)不能伤了百姓的心啊。绢帕蘑菇与线香，本资民用反为殃。

(自豪)清风两袖朝天去，免得闾阎话短长！

(说完，挥袖离去)

旁白 1449年，也先率领瓦剌骑兵分四路进攻大明。王振诓骗皇帝朱祁镇御驾亲征。因准备不足，明军被困土木堡。数十年之积累就此一扫而光。皇帝被俘，王振被杀，京城三大营全军覆没。北京岌岌可危！于谦力排众议保卫北京，提议立朱祁钰为皇帝。北京保卫战胜利后，朱祁镇被送回大明，他策划了夺门之变，重登帝位。正月二十三日，于谦被押往崇文门外，就在这座他曾拼死保卫的城池前，得到了他最后的结局——斩立决。

第三幕 抄家

官员1 (不屑)今天于谦被陛下杀了。

官员2 他确实挺可怜的，明明守住了北京，却得罪了陛下。管他呢，今天我们是来抄家的，一品大员，家里应该很有钱吧。又要大干一场喽。

(进入于谦的房子，抄家的官员愣住了)

旁白 抄家的官员到于谦家里时，才发现这是一项十分容易完成的工作，因为于谦家里什么也没有,除了生活必需品外,根本就没有多余的家产。

(两位官员开始翻箱倒柜)

官员1 我一定要找到于谦贪污的证据。

官员2 (到了一间房里前)你看,这间房子门锁森严,无人进出。

官员1、官员2 (相视一笑,兴奋)这一定是于谦藏匿珠宝的地方。

(打开门)

旁白 房子里没有金银财宝,只陈设着两样东西——蟒袍和宝剑。这是朱祁钰为表彰于谦的功绩,特意赏赐给他的,于谦奉命收下,却把它们锁了起来,从未拿去示人以显荣耀。

两人收起了他们先前不敬的态度,安静地看着蟒袍和宝剑。

官员1、官员2 (缓慢、敬重、安静)他是个了不起的人。

旁白 但愿苍生俱饱暖,不辞辛苦出山林。

创作来源

明朝那些事儿（节选）

正统年间,王振已经掌权,他这个人是属于雁过拔毛型的。地方官进京报告情况,多多少少都会带点东西,即使是些日常用品,王振也来者不拒,让人哭笑不得。可是于谦却大不相同,他是巡抚,权力很大,却能够做到不贪一针一线,不但自己不贪,也不让别人贪。

……

曾经有人劝于谦多少送点东西做人情,对于这样的劝解,于谦做了一首诗来回答:

绢帕蘑菇与线香,

本资民用反为殃。

清风两袖朝天去,

免得间阎话短长!

……

于谦小时候以文天祥为榜样,后来两袖清风。

就如同现在的追星族一样,于谦也有着自己的偶像,他把这位偶像的画像挂在自己的书斋里(此举比较眼熟),日夜膜拜。

有一次,教他读书的先生发现他经常看那幅画像,便好奇地问他为什么这样做。

于谦闻言,立刻正色回答:"将来我要做像他那样的人!"

画像上的人物是文天祥。

除此之外,于谦还在书斋中写下了两句话作为对文天祥的赞词:

殉国忘身,舍生取义;宁正而毙,不苟而全!

这正是少年于谦对自己未来一生的行为举止的承诺。

创作感想

我们从小就背过于谦的《石灰吟》，初背时不识其中意，再读时发现这首诗其实是于谦的绝命诗。这是于谦的傲骨留于世间的旷世绝唱。

为了塑造于谦清廉正直、一身正气的人物形象，让人物自己说话，更能体现诗人当创作这首诗时的心境。最后让两位抄家的官员说出"他是个了不起的人"，从侧面反映了于谦的品格。

整个剧本以塑造于谦形象为主，从他年少，到壮年，再到去世，我们从这个剧本中可以粗略了解于谦的一生，以及他坚持的信念：哪怕粉身碎骨，也要把清白留在人间。这是吾辈大学生心之所往，立廉志，行廉事，成廉才。

教师评价

提到于谦，我们第一个想到的便是他那句"粉身碎骨浑不怕，要留清白在人间"。更值得注意的是，《明史·于谦传》记载，这首《石灰吟》为于谦十七岁时所写，而正是这首诗，成了于谦一生的写照。在这种石灰精神的支持下，于谦才会在朋友劝其向王振献金时写了《入京》以明志向。然而，无数的先例证明，古代文人若不够圆滑，极容易遭人迫害，甚至有生命危险，于谦也逃不开这样的结局。但历史是公正的，《明史》中对于谦有九字评论：忠心义烈，与日月争光。一介文士，在历史的洪流中站稳了脚跟，终于站成了不朽。于谦与岳飞悉葬于杭州，而杭州西湖也因双少保之美名，在烟雨朦胧的曼妙中又让人多了几分敬仰，正如袁枚的一首诗所说：

　　江山也要伟人扶，神化丹青即画图。

　　赖有岳于双少保，人间始觉重西湖。

梁晓凤　池唯嘉

《但愿苍生俱饱暖，不辞辛苦出山林》小组表演剧照

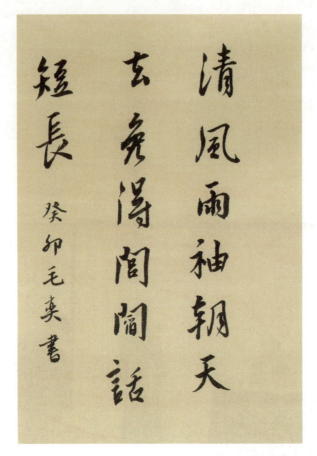

清风雨袖朝天去 免得闾阎话短长

癸卯毛奕书

毛奕作品